DE LA TERRE
A
LA LUNE

JULES VERNE

De la Terre
à
la Lune

JULES VERNE

(1828-1905)

Jules Verne naît à Nantes le 8 février 1828, où son père est avoué, dans une vieille famille de la bourgeoisie. Supportant mal l'autorité paternelle (comme, une génération plus tard, Michel, son fils unique), il tente de s'embarquer à 11 ans comme mousse sur un trois-mâts en partance pour les Indes. Rattrapé de justesse par son père, il attend de passer le baccalauréat pour s'installer à Paris. Tout en poursuivant des études de droit (il passera sa thèse de doctorat en 1850), il fréquente les salons littéraires, où il rencontre Dumas, et les milieux scientifiques, où il se lie avec les trois frères Arago. Il écrit des pièces. L'une d'elles, *les Pailles rompues* (1850), est un succès qui l'incite à se consacrer à l'écriture plutôt qu'au droit. Son père finit par s'y résoudre et, désespérant d'en faire un avoué, vend son étude à Nantes (le frère de Jules, Paul, est devenu marin) et lui achète une part d'agent de change en 1857. Cette même année, Jules Verne épouse Honorine Morel, une jeune veuve mère de deux enfants.

Se levant très tôt, il écrit avant de se rendre à la Bourse. Il lit Edgar Poe, voyage en Écosse, en Scandinavie... Michel, son fils, naît en 1861. L'année suivante, il rencontre l'éditeur Hetzel qui deviendra son ami et mentor. Hetzel publie *Cinq semaines en ballon* (1863) que Jules Verne vient d'écrire. Énorme succès : cette même année, Nadar vient, en ballon, de faire Paris-Meaux. Jules Verne peut abandonner la Bourse et s'installer, en 1866, au Crotoy, dans le Nord, pour se consacrer à l'écriture. Pour se détendre, il embarque pour de courtes croisières sur un gros bateau de pêche qu'il a transformé en yacht.

Le Tour du monde en 80 jours (1873), *Michel Strogoff* (1876), *les Enfants du capitaine Grant* (1882) sont adaptés au théâtre. Jules Verne écrit un ou deux romans par an, change de bateau, achète un hôtel particulier à Amiens (où il se fera élire, lui l'homme prétendu de droite, conseiller municipal sur une liste radicale-socialiste), fréquente les princes et poursuit une œuvre où, non sans humour, il transforme la science en aventure, alternant les romans d'anticipation scientifique (*De la Terre à la Lune*, *Vingt mille lieues sous les mers*...) et les romans d'aventures à caractère géographique ou historique.

Sa vie familiale est moins paisible. Cet homme qui aura des millions d'enfants pour lecteurs s'entend mal avec son fils unique. Après qu'il a passé un séjour dans une maison de correction, il l'envoie à Nantes puis, parce qu'il le trouve exaspérant, l'oblige à embarquer pour les Indes. Michel, enfant instable et nerveux, était-il jaloux de l'affection que son père portait au jeune Aristide Briand, son protégé qu'il traitait mieux que son propre fils (et qui sera un important homme politique sous la IIIe République)? En 1886, son neveu qui lui est pourtant attaché, le blesse aux jambes à coups de revolver : tentative d'extorsion de fonds, ou jalousie (toujours Aristide Briand)? A ce drame de la folie (le neveu mourra à l'asile) s'ajoute la mort de Hetzel, l'éditeur-confident qui a su diriger sa carrière littéraire.

Jules Verne mène une existence de notable, fait construire le cirque municipal d'Amiens... Il a perdu le goût des voyages, et vendu son dernier bateau, qui, avec ses douze hommes d'équipage, lui coûtait trop cher. Lorsqu'il ne rédige pas seul ses romans — il refuse toute aide, et écrit tout de la première à la dernière ligne, même si ses détracteurs jaloux insinuent qu'il utilise des nègres littéraires pour produire une œuvre aussi considérable —, il répond aux milliers de lettres que lui envoient ses admirateurs. Une crise de diabète l'emporte le 25 mars 1905. Son fils Michel, avec lequel il s'était réconcilié, terminera ses romans inachevés.

Pour Ray Bradbury, « Jules Verne symbolise l'histoire entière de l'humanité ». Cet excellent narrateur n'écrivait, mêlant prudemment l'imagination et la vraisemblance, qu'après s'être soigneusement documenté dans le domaine scientifique. Refusant les effets faciles, mais ne dédaignant pas les coups de théâtre, ayant le don de créer, avec un humour discret, des personnages à la psychologie exacte, Jules Verne a bâti une œuvre qui comprend plus de soixante-dix romans dont plusieurs ont inspiré des films.

De la Terre à la Lune (1865), c'est la folle aventure de trois hommes projetés, à la suite d'un pari d'artilleurs, dans un gigantesque obus transformé en wagon-lit en direction de la Lune. Mais c'est compter sans les météorites, l'attraction terrestre et les mystères de la mathématique spatiale... Ce chef-d'œuvre de science-fiction (comment ne pas penser, en le lisant, aux actuelles navettes spatiales ?) est aussi un roman bourré d'humour, avec des personnages inoubliables, dignes de Philéas Fogg ou du capitaine Némo.

I

LE GUN-CLUB

Pendant la guerre fédérale des États-Unis, un nouveau club très influent s'établit dans la ville de Baltimore, en plein Maryland. On sait avec quelle énergie l'instinct militaire se développa chez ce peuple d'armateurs, de marchands et de mécaniciens. De simples négociants enjambèrent leur comptoir pour s'improviser capitaines, colonels, généraux, sans avoir passé par les écoles d'application de West-Point; ils égalèrent bientôt dans « l'art de la guerre » leurs collègues du vieux continent, et comme eux ils remportèrent des victoires à force de prodiguer les boulets, les millions et les hommes.

Mais en quoi les Américains surpassèrent singulièrement les Européens, ce fut dans la science de la balistique. Non que leurs armes atteignissent un plus haut degré de perfection, mais elles offrirent des dimensions inusitées, et eurent par conséquent des portées inconnues jusqu'alors. En fait de tirs rasants, plongeants ou de plein fouet, de feux d'écharpe, d'enfilade ou de revers, les Anglais, les Français, les Prussiens, n'ont plus rien à apprendre ; mais leurs canons, leurs obusiers, leurs mortiers ne sont que des pistolets de poche auprès des formidables engins de l'artillerie américaine.

Ceci ne doit étonner personne. Les Yankees, ces premiers mécaniciens du monde, sont ingénieurs, comme les Italiens sont musiciens et les Allemands métaphysiciens, — de naissance. Rien de plus naturel, dès lors, que de les voir apporter dans la science de la balistique leur audacieuse ingéniosité. De là ces canons gigantesques, beaucoup moins utiles que les machines à coudre, mais aussi étonnants et encore plus admirés. On connaît en ce genre les merveilles de Parrot, de Dahlgreen, de Rodman. Les Armstrong, les Pallisser et les Treuille de Beaulieu n'eurent plus qu'à s'incliner devant leurs rivaux d'outremer.

Donc, pendant cette terrible lutte des Nordistes et des Sudistes, les artilleurs tinrent le haut du pavé ; les journaux de l'Union célébraient leurs inventions avec enthousiasme, et il n'était si mince marchand, si naïf « booby », qui ne se cassât jour et nuit la tête à calculer des trajectoires insensées.

Or, quand un Américain a une idée, il cherche un second Américain qui la partage. Sont-ils trois, ils élisent un président et deux secrétaires. Quatre, ils nomment un archiviste, et le bureau fonctionne. Cinq, ils se convoquent en assemblée générale, et le club est constitué. Ainsi arriva-t-il à Baltimore. Le premier qui inventa un nouveau canon s'associa avec le premier qui le fondit et le premier qui le fora. Tel fut le noyau du Gun-Club. Un mois après sa formation, il comptait dix-huit cent trente-trois membres effectifs et trente mille cinq cent soixante-quinze membres correspondants.

Une condition *sine qua non* était imposée à toute personne qui voulait entrer dans l'association, la condition d'avoir imaginé ou, tout au moins, perfectionné un canon ; à défaut de canon, une arme à feu quelconque. Mais, pour tout dire, les inventeurs de revolvers à quinze coups, de carabines pivotantes ou de sabres-pistolets ne jouissaient pas d'une grande considération. Les artilleurs les primaient en toute circonstance.

« L'estime qu'ils obtiennent, dit un jour un des plus savants orateurs du Gun-Club, est proportionnelle « aux masses » de leur canon, et « en raison directe du carré des distances » atteintes par leurs projectiles ! »

Un peu plus, c'était la loi de Newton sur la gravitation universelle transportée dans l'ordre moral.

Le Gun-Club fondé, on se figure aisément ce que produisit en ce genre le génie inventif des Américains. Les engins de guerre prirent des proportions colossales, et les projectiles allèrent, au-delà des limites permises, couper en deux les promeneurs inoffensifs. Toutes ces inventions laissèrent loin derrière elles les timides instruments de l'artillerie européenne. Qu'on en juge par les chiffres suivants.

Jadis, « au bon temps », un boulet de trente-six, à une distance de trois cents pieds, traversait trente-six chevaux pris de flanc et soixante-huit hommes. C'était l'enfance de l'art. Depuis lors, les projectiles ont fait du chemin. Le canon Rodman, qui portait à sept milles un boulet pesant une demi-tonne, aurait facilement renversé cent cinquante chevaux et trois cents hommes. Il fut même question au Gun-Club d'en faire une épreuve solennelle. Mais, si les chevaux consentirent à tenter l'expérience, les hommes firent malheureusement défaut.

Quoi qu'il en soit, l'effet de ces canons était très meurtrier, et à chaque décharge les combattants tombaient comme des épis sous la faux. Que signifiaient, auprès de tels projectiles, ce fameux boulet qui, à Coutras, en 1587, mit vingt-cinq hommes hors de combat, et cet autre qui, à Zorndoff, en 1758, tua quarante fantassins, et, en 1742, ce canon autrichien de Kesselsdorf, dont chaque coup jetait soixante-dix ennemis par terre ? Qu'étaient ces feux surprenants d'Iéna ou d'Austerlitz qui décidaient du sort de la bataille ? On en avait vu bien d'autres pendant la guerre fédérale ! Au combat de Gettysburg, un projectile conique lancé par un canon rayé atteignit cent soixante-treize confédérés ; et, au passage du Potomac, un boulet Rodman envoya deux cent quinze Sudistes dans un monde évidemment meilleur. Il faut mentionner également un mortier formidable inventé par J.-T. Maston, membre distingué et secrétaire perpétuel du Gun-Club, dont le résultat fut bien autrement meurtrier, puisque, à son coup d'essai, il tua trois cent trente-sept personnes, — en éclatant, il est vrai !

Qu'ajouter à ces nombres si éloquents par eux-mêmes ? Rien. Aussi admettra-t-on sans conteste le calcul suivant, obtenu par le statisticien Pitcairn : en divisant le nombre des victimes tombées sous les boulets par celui des membres du Gun-Club, il trouva que chacun de ceux-ci avait tué pour son compte une « moyenne » de deux mille trois cent soixante-quinze hommes et une fraction.

A considérer un pareil chiffre, il est évident que l'unique préoccupation de cette société savante fut la destruction de l'humanité dans un but philantropique, et le perfectionnement des armes de guerre, considérées comme instruments de civilisation.

C'était une réunion d'Anges Exterminateurs, au demeurant les meilleurs fils du monde.

Il faut ajouter que ces Yankees, braves à toute épreuve, ne s'en tinrent pas seulement aux formules et qu'ils payèrent de leur personne. On comptait parmi eux des officiers de tout grade, lieutenants ou généraux, des militaires de tout âge, ceux qui débutaient dans la carrière des armes et ceux qui vieillissaient sur leur affût. Beaucoup restèrent sur le champ de bataille dont les noms figuraient au livre d'honneur du Gun-Club, et de ceux qui revinrent la plupart portaient les marques de leur indiscutable intrépidité. Béquilles,

jambes de bois, bras articulés, mains à cro-
chets, mâchoires en caoutchouc, crânes en
argent, nez en platine, rien ne manquait à la
collection, et le susdit Pitcairn calcula également que, dans le Gun-Club, il n'y avait pas
tout à fait un bras pour quatre personnes, et
seulement deux jambes pour six.

Mais ces vaillants artilleurs n'y regardaient
pas de si près, et ils se sentaient fiers à bon
droit, quand le bulletin d'une bataille relevait
un nombre de victimes décuple de la quantité
de projectiles dépensés.

Un jour, pourtant, triste et lamentable jour,
la paix fut signée par les survivants de la
guerre, les détonations cessèrent peu à peu,
les mortiers se turent, les obusiers muselés
pour longtemps et les canons, la tête basse,
rentrèrent aux arsenaux, les boulets s'empi-
lèrent dans les parcs, les souvenirs sanglants
s'effacèrent, les cotonniers poussèrent magni-
fiquement sur les champs largement engrais-
sés, les vêtements de deuil achevèrent de
s'user avec les douleurs, et le Gun-Club
demeura plongé dans un désœuvrement profond.

Certains piocheurs, des travailleurs achar-
nés, se livraient bien encore à des calculs de
balistique ; ils rêvaient toujours de bombes
gigantesques et d'obus incomparables. Mais,
sans la pratique, pourquoi ces vaines théories ? Aussi les salles devenaient désertes, les
domestiques dormaient dans les anticham-
bres, les journaux moisissaient sur les tables,
les coins obscurs retentissaient de ronfle-

ments tristes, et les membres du Gun-Club, jadis si bruyants, maintenant réduits au silence par une paix désastreuse, s'endormaient dans les rêveries de l'artillerie platonique !

« C'est désolant, dit un soir le brave Tom Hunter, pendant que ses jambes de bois se carbonisaient dans la cheminée du fumoir. Rien à faire ! rien à espérer ! Quelle existence fastidieuse ! Où est le temps où le canon vous réveillait chaque matin par ses joyeuses détonations ?

— Ce temps-là n'est plus, répondit le fringant Bilsby, en cherchant à se détirer les bras qui lui manquaient. C'était un plaisir alors ! On inventait son obusier, et, à peine fondu, on courait l'essayer devant l'ennemi ; puis on rentrait au camp avec un encouragement de Sherman ou une poignée de main de Mac-Clellan ! Mais, aujourd'hui, les généraux sont retournés à leur comptoir, et, au lieu de projectiles, ils expédient d'inoffensives balles de coton ! Ah ! par sainte Barbe ! l'avenir de l'artillerie est perdu en Amérique !

— Oui, Bilsby, s'écria le colonel Blomsberry, voilà de cruelles déceptions ! Un jour on quitte ses habitudes tranquilles, on s'exerce au maniement des armes, on abandonne Baltimore pour les champs de bataille, on se conduit en héros, et, deux ans, trois ans plus tard, il faut perdre le fruit de tant de fatigues, s'endormir dans une déplorable oisiveté et fourrer ses mains dans ses poches. »

Quoi qu'il pût dire, le vaillant colonel eût

été fort empêché de donner une pareille marque de son désœuvrement, et cependant, ce n'étaient pas les poches qui lui manquaient.

« Et nulle guerre en perspective ! dit alors le fameux J.-T. Maston, en grattant de son crochet de fer son crâne en gutta-percha. Pas un nuage à l'horizon, et cela quand il y a tant à faire dans la science de l'artillerie ! Moi qui vous parle, j'ai terminé ce matin une épure, avec plan, coupe et élévation, d'un mortier destiné à changer les lois de la guerre !

— Vraiment ? répliqua Tom Hunter, en songeant involontairement au dernier essai de l'honorable J.-T. Maston.

— Vraiment, répondit celui-ci. Mais à quoi serviront tant d'études menées à bonne fin, tant de difficultés vaincues ? N'est-ce pas travailler en pure perte ? Les peuples du Nouveau Monde semblent s'être donné le mot pour vivre en paix, et notre belliqueux *Tribune* en arrive à pronostiquer de prochaines catastrophes dues à l'accroissement scandaleux des populations !

— Cependant, Maston, reprit le colonel Blomsberry, on se bat toujours en Europe pour soutenir le principe des nationalités !

— Eh bien ?

— Eh bien ! il y aurait peut-être quelque chose à tenter là-bas, et si l'on acceptait nos services...

— Y pensez-vous ? s'écria Bilsby. Faire de la balistique au profit des étrangers !

— Cela vaudrait mieux que de n'en pas faire du tout, riposta le colonel.

— Sans doute, dit J.-T. Maston, cela vaudrait mieux, mais il ne faut même pas songer à cet expédient.

— Et pourquoi cela? demanda le colonel.

— Parce qu'ils ont dans le Vieux Monde des idées sur l'avancement qui contrarieraient toutes nos habitudes américaines. Ces gens-là ne s'imaginent pas qu'on puisse devenir général en chef avant d'avoir servi comme sous-lieutenant, ce qui reviendrait à dire qu'on ne saurait être bon pointeur à moins d'avoir fondu le canon soi-même! Or, c'est tout simplement...

— Absurde! répliqua Tom Hunter en déchiquetant les bras de son fauteuil à coups de « bowie-knife », et puisque les choses en sont là, il ne nous reste plus qu'à planter du tabac ou à distiller de l'huile de baleine!

— Comment! s'écria J.-T. Maston d'une voix retentissante, ces dernières années de notre existence, nous ne les emploierons pas au perfectionnement des armes à feu! Une nouvelle occasion ne se rencontrera pas d'essayer la portée de nos projectiles! L'atmosphère ne s'illuminera plus sous l'éclair de nos canons! Il ne surgira pas une difficulté internationale qui nous permette de déclarer la guerre à quelque puissance transatlantique! Les Français ne couleront pas un seul de nos steamers, et les Anglais ne pendront pas, au mépris du droit des gens, trois ou quatre de nos nationaux!

— Non, Maston, répondit le colonel Blomsberry, nous n'aurons pas ce bonheur! Non!

pas un de ces incidents ne se produira, et, se produisît-il, nous n'en profiterions même pas ! La susceptibilité américaine s'en va de jour en jour, et nous tombons en quenouille !

— Oui, nous nous humilions ! répliqua Bilsby.

— Et on nous humilie ! riposta Tom Hunter.

— Tout cela n'est que trop vrai, répliqua J.-T. Maston avec une nouvelle véhémence. Il y a dans l'air mille raisons de se battre et l'on ne se bat pas ! On économise des bras et des jambes, et cela au profit de gens qui n'en savent que faire ! Et tenez, sans chercher si loin un motif de guerre, l'Amérique du Nord n'a-t-elle pas appartenu autrefois aux Anglais ?

— Sans doute, répondit Tom Hunter en tisonnant avec rage du bout de sa béquille.

— Eh bien ! reprit J.-T. Maston, pourquoi l'Angleterre à son tour n'appartiendrait-elle pas aux Américains ?

— Ce ne serait que justice, riposta le colonel Blomsberry.

— Allez proposer cela au président des États-Unis, s'écria J.-T. Maston, et vous verrez comme il vous recevra !

— Il nous recevra mal, murmura Bilsby entre les quatre dents qu'il avait sauvées de la bataille.

— Par ma foi, s'écria J.-T. Maston, aux prochaines élections il n'a que faire de compter sur ma voix !

— Ni sur les nôtres, répondirent d'un commun accord ces belliqueux invalides.

— En attendant, reprit J.-T. Maston, et pour conclure, si l'on ne me fournit pas l'occasion d'essayer mon nouveau mortier sur un vrai champ de bataille, je donne ma démission de membre du Gun-Club, et je cours m'enterrer dans les savanes de l'Arkansas !

— Nous vous y suivrons », répondirent les interlocuteurs de l'audacieux J.-T. Maston.

Or, les choses en étaient là, les esprits se montaient de plus en plus, et le club était menacé d'une dissolution prochaine, quand un événement inattendu vint empêcher cette regrettable catastrophe.

Le lendemain même de cette conversation, chaque membre du cercle recevait une circulaire libellée en ces termes :

Baltimore, 3 octobre.

Le président du Gun-Club a l'honneur de prévenir ses collègues qu'à la séance du 5 courant il leur fera une communication de nature à les intéresser vivement. En conséquence, il les prie, toute affaire cessante, de se rendre à l'invitation qui leur est faite par la présente.

Très cordialement leur
IMPEY BARBICANE, P.G.-C.

II

COMMUNICATION DU PRÉSIDENT BARBICANE

Le 5 octobre, à huit heures du soir, une foule compacte se pressait dans les salons du

Gun-Club, 21, Union-Square. Tous les membres du cercle résidant à Baltimore s'étaient rendus à l'invitation de leur président. Quant aux membres correspondants, les express les débarquaient par centaines dans les rues de la ville, et si grand que fût le « hall » des séances, ce monde de savants n'avait pu y trouver place ; aussi refluait-il dans les salles voisines, au fond des couloirs et jusqu'au milieu des cours extérieures ; là, il rencontrait le simple populaire qui se pressait aux portes, chacun cherchant à gagner les premiers rangs, tous avides de connaître l'importante communication du président Barbicane, se poussant, se bousculant, s'écrasant avec cette liberté d'action particulière aux masses élevées dans les idées du « self government ».

Ce soir-là, un étranger qui se fût trouvé à Baltimore n'eût pas obtenu, même à prix d'or, de pénétrer dans la grande salle ; celle-ci était exclusivement réservée aux membres résidants ou correspondants ; nul autre n'y pouvait prendre place, et les notables de la cité, les magistrats du conseil des selectmen avaient dû se mêler à la foule de leurs administrés, pour saisir au vol les nouvelles de l'intérieur.

Cependant l'immense « hall » offrait aux regards un curieux spectacle. Ce vaste local était merveilleusement approprié à sa destination. De hautes colonnes formées de canons superposés auxquels d'épais mortiers servaient de base soutenaient les fines armatures de la voûte, véritables dentelles de fonte frappées à l'emporte-pièce. Des panoplies d'espingoles, de tromblons, d'arquebuses, de carabines, de toutes les armes à feu anciennes ou modernes s'écartelaient sur les murs dans un entrelacement pittoresque. Le gaz sortait à pleine flamme d'un millier de revolvers groupés en forme de lustres, tandis que des girandoles de pistolets et des candélabres faits de fusils réunis en faisceaux, complétaient ce splendide éclairage. Les modèles de canons, les échantillons de bronze, les mires criblées de coups, les plaques brisées au choc des boulets du Gun-Club, les assortiments de refouloirs et d'écouvillons, les chapelets de bombes, les colliers de projectiles, les guirlandes d'obus, en un mot, tous les outils de l'artilleur surprenaient l'œil par leur étonnante disposition et laissaient à penser que leur véritable destination était plus décorative que meurtrière.

A la place d'honneur, on voyait, abrité par une splendide vitrine, un morceau de culasse, brisé et tordu sous l'effort de la poudre, précieux débris du canon de J.-T. Maston.

A l'extrémité de la salle, le président, assisté de quatre secrétaires, occupait une large esplanade. Son siège, élevé sur un affût sculpté, affectait dans son ensemble les formes puissantes d'un mortier de trente-deux pouces; il était braqué sous un angle de quatre-vingt-dix degrés et suspendu à des tourillons, de telle sorte que le président pouvait lui imprimer, comme aux « rocking-chairs », un balancement fort agréable par les grandes chaleurs. Sur le bureau, vaste plaque de tôle supportée par six caronades, on voyait un encrier d'un goût exquis, fait d'un biscaïen délicieusement ciselé, et un timbre à détonation qui éclatait, à l'occasion, comme un revolver. Pendant les discussions véhémentes, cette sonnette d'un nouveau genre suffisait à peine à couvrir la voix de cette légion d'artilleurs surexcités.

Devant le bureau, des banquettes disposées en zigzags, comme les circonvallations d'un retranchement, formaient une succession de bastions et de courtines où prenaient place tous les membres du Gun-Club, et ce soir-là, on peut le dire, « il y avait du monde sur les remparts ». On connaissait assez le président pour savoir qu'il n'eût pas dérangé ses collègues sans un motif de la plus haute gravité.

Impey Barbicane était un homme de quarante ans, calme, froid, austère, d'un esprit éminemment sérieux et concentré; exact comme un chronomètre, d'un tempérament à toute épreuve, d'un caractère inébranlable; peu chevaleresque, aventureux cependant, mais apportant des idées pratiques jusque dans ses entreprises les plus téméraires; l'homme par excellence de la Nouvelle-Angleterre, le Nordiste colonisateur, le descendant de ces Têtes-Rondes si funestes aux Stuarts, et l'implacable ennemi des gentlemen du Sud, ces anciens Cavaliers de la mère patrie. En un mot, un Yankee coulé d'un seul bloc.

Barbicane avait fait une grande fortune

dans le commerce des bois ; nommé directeur de l'artillerie pendant la guerre, il se montra fertile en inventions ; audacieux dans ses idées, il contribua puissamment aux progrès de cette arme, et donna aux choses expérimentales un incomparable élan.

C'était un personnage de taille moyenne, ayant, par une rare exception dans le Gun-Club, tous ses membres intacts. Ses traits accentués semblaient tracés à l'équerre et au tire-ligne, et s'il est vrai que, pour deviner les instincts d'un homme, on doive le regarder de profil, Barbicane, vu ainsi, offrait les indices les plus certains de l'énergie, de l'audace et du sang-froid.

En cet instant, il demeurait immobile dans son fauteuil, muet, absorbé, le regard en dedans, abrité sous son chapeau à haute forme, cylindre de soie noire qui semble vissé sur les crânes américains.

Ses collègues causaient bruyamment autour de lui sans le distraire ; ils s'interrogeaient, ils se lançaient dans le champ des suppositions, ils examinaient leur président et cherchaient, mais en vain, à dégager l'X de son imperturbable physionomie.

Lorsque huit heures sonnèrent à l'horloge fulminante de la grande salle, Barbicane, comme s'il eût été mû par un ressort, se redressa subitement ; il se fit un silence général, et l'orateur, d'un ton un peu emphatique, prit la parole en ces termes :

« Braves collègues, depuis trop longtemps déjà une paix inféconde est venue plonger les

membres du Gun-Club dans un regrettable
désœuvrement. Après une période de quelques années, si pleine d'incidents, il a fallu
abandonner nos travaux et nous arrêter net
sur la route du progrès. Je ne crains pas de le
proclamer à haute voix, toute guerre qui nous
remettrait les armes à la main serait bien
venue...

— Oui, la guerre! s'écria l'impétueux
J.-T. Maston.

— Écoutez! écoutez! répliqua-t-on de
toutes parts.

— Mais la guerre, dit Barbicane, la guerre
est impossible dans les circonstances
actuelles, et, quoi que puisse espérer mon
honorable interrupteur, de longues années
s'écouleront encore avant que nos canons
tonnent sur un champ de bataille. Il faut donc
en prendre son parti et chercher dans un
autre ordre d'idées un aliment à l'activité qui
nous dévore! »

L'assemblée sentit que son président allait
aborder le point délicat. Elle redoubla d'attention.

« Depuis quelques mois, mes braves collègues, reprit Barbicane, je me suis demandé
si, tout en restant dans notre spécialité, nous
ne pourrions pas entreprendre quelque
grande expérience digne du xixᵉ siècle, et si les
progrès de la balistique ne nous permettraient
pas de la mener à bonne fin. J'ai donc cher-
ché, travaillé, calculé, et de mes études est
résultée cette conviction que nous devons
réussir dans une entreprise qui paraîtrait

impraticable à tout autre pays. Ce projet, lon-
guement élaboré, va faire l'objet de ma communication; il est digne de vous, digne du
passé du Gun-Club, et il ne pourra manquer
de faire du bruit dans le monde!

— Beaucoup de bruit? s'écria un artilleur
passionné.

— Beaucoup de bruit dans le vrai sens du
mot, répondit Barbicane.

— N'interrompez pas! répétèrent plusieurs
voix.

— Je vous prie donc, braves collègues,
reprit le président, de m'accorder toute votre
attention. »

Un frémissement courut dans l'assemblée.
Barbicane, ayant d'un geste rapide assuré son
chapeau sur sa tête, continua son discours
d'une voix calme :

« Il n'est aucun de vous, braves collègues,
qui n'ait vu la Lune, ou tout au moins, qui
n'en ait entendu parler. Ne vous étonnez pas
si je viens vous entretenir ici de l'astre des
nuits. Il nous est peut-être réservé d'être les
Colombs de ce monde inconnu. Comprenez-
moi, secondez-moi de tout votre pouvoir, je
vous mènerai à sa conquête, et son nom se
joindra à ceux des trente-six États qui for-
ment ce grand pays de l'Union!

— Hurrah pour la Lune! s'écria le Gun-
Club d'une seule voix.

— On a beaucoup étudié la Lune, reprit
Barbicane; sa masse, sa densité, son poids,
son volume, sa constitution, ses mouvements,
sa distance, son rôle dans le monde solaire,

sont parfaitement déterminés ; on a dressé des cartes sélénographiques avec une perfection qui égale, si même elle ne surpasse pas, celle des cartes terrestres ; la photographie a donné de notre satellite des épreuves d'une incomparable beauté. En un mot, on sait de la Lune tout ce que les sciences mathématiques, l'astronomie, la géologie, l'optique peuvent en apprendre ; mais jusqu'ici il n'a jamais été établi de communication directe avec elle. »

Un violent mouvement d'intérêt et de surprise accueillit ces paroles.

« Permettez-moi, reprit-il, de vous rappeler en quelques mots comment certains esprits ardents, embarqués pour des voyages imaginaires, prétendirent avoir pénétré les secrets de notre satellite. Au XVIIe siècle, un certain David Fabricius se vanta d'avoir vu de ses yeux des habitants de la Lune. En 1649, un Français, Jean Baudoin, publia le *Voyage fait au monde de la Lune par Dominique Gonzalès, aventurier espagnol*. A la même époque, Cyrano de Bergerac fit paraître cette expédition célèbre qui eut tant de succès en France. Plus tard, un autre Français — ces gens-là s'occupent beaucoup de la Lune —, le nommé Fontenelle, écrivit la *Pluralité des Mondes*, un chef-d'œuvre en son temps ; mais la science, en marchant, écrase même les chefs-d'œuvre ! Vers 1835, un opuscule traduit du *New York American* raconta que Sir John Herschell, envoyé au cap de Bonne-Espérance pour y faire des études astronomiques, avait, au moyen d'un télescope perfectionné par un éclairage intérieur, ramené la Lune à une distance de quatre-vingts yards. Alors il aurait aperçu distinctement des cavernes dans lesquelles vivaient des hippopotames, de vertes montagnes frangées de dentelles d'or, des moutons aux cornes d'ivoire, des chevreuils blancs, des habitants avec des ailes membraneuses comme celles de la chauve-souris. Cette brochure, œuvre d'un Américain nommé Locke, eut un très grand succès. Mais bientôt on reconnut que c'était une mystification scientifique, et les Français furent les premiers à en rire.

— Rire d'un Américain! s'écria J.-T. Maston, mais voilà un *casus belli*!...

— Rassurez-vous, mon digne ami. Les Français, avant d'en rire, avaient été parfaitement dupes de notre compatriote. Pour terminer ce rapide historique, j'ajouterai qu'un certain Hans Pfaal de Rotterdam, s'élançant dans un ballon rempli d'un gaz tiré de l'azote, et trente-sept fois plus léger que l'hydrogène, atteignit la Lune après dix-neuf jours de traversée. Ce voyage, comme les tentatives précédentes, était simplement imaginaire, mais ce fut l'œuvre d'un écrivain populaire en Amérique, d'un génie étrange et contemplatif. J'ai nommé Poe!

— Hurrah pour Edgard Poe! s'écria l'assemblée, électrisée par les paroles de son président.

— J'en ai fini, reprit Barbicane, avec ces tentatives que j'appellerai purement littéraires, et parfaitement insuffisantes pour établir des relations sérieuses avec l'astre des nuits. Cependant, je dois ajouter que quelques esprits pratiques essayèrent de se mettre en communication sérieuse avec lui. Ainsi, il y a quelques années, un géomètre allemand proposa d'envoyer une commission de savants dans les steppes de la Sibérie. Là, sur de vastes plaines, on devait établir d'immenses figures géométriques, dessinées au moyen de réflecteurs lumineux, entre autres le carré de l'hypoténuse, vulgairement appelé le « Pont aux ânes » par les Français. « Tout être intel-« ligent, disait le géomètre, doit comprendre « la destination scientifique de cette figure. « Les Sélénites, s'ils existent, répondront par « une figure semblable, et la communication « une fois établie, il sera facile de créer un « alphabet qui permettra de s'entretenir avec « les habitants de la Lune. » Ainsi parlait le géomètre allemand, mais son projet ne fut pas mis à exécution, et jusqu'ici aucun lien direct n'a existé entre la Terre et son satellite. Mais il est réservé au génie pratique des Américains de se mettre en rapport avec le monde sidéral. Le moyen d'y parvenir est simple, facile, cer-tain, immanquable, et il va faire l'objet de ma proposition. »

Un brouhaha, une tempête d'exclamations accueillit ces paroles. Il n'était pas un seul des assistants qui ne fût dominé, entraîné, enlevé par les paroles de l'orateur.

« Écoutez ! écoutez ! Silence donc ! » s'écria-t-on de toutes parts.

Lorsque l'agitation fut calmée, Barbicane

reprit d'une voix plus grave son discours interrompu :

« Vous savez, dit-il, quels progrès la balistique a faits depuis quelques années et à quel degré de perfection les armes à feu seraient parvenues, si la guerre eût continué. Vous n'ignorez pas non plus que, d'une façon générale, la force de résistance des canons et la puissance expansive de la poudre sont illimitées. Eh bien! partant de ce principe, je me suis demandé si, au moyen d'un appareil suffisant, établi dans des conditions de résistance déterminées, il ne serait pas possible d'envoyer un boulet dans la Lune. »

A ces paroles, un « oh! » de stupéfaction s'échappa de mille poitrines haletantes; puis il se fit un moment de silence, semblable à ce calme profond qui précède les coups de tonnerre. Et, en effet, le tonnerre éclata, mais un tonnerre d'applaudissement, de cris, de clameurs, qui fit trembler la salle des séances. Le président voulait parler; il ne le pouvait pas. Ce ne fut qu'au bout de dix minutes qu'il parvint à se faire entendre.

« Laissez-moi achever, reprit-il froidement. J'ai pris la question sous toutes ses faces, je l'ai abordée résolument, et de mes calculs indiscutables il résulte que tout projectile doué d'une vitesse initiale de douze mille yards par seconde, et dirigé vers la Lune, arrivera nécessairement jusqu'à elle. J'ai donc l'honneur de vous proposer, mes braves collègues, de tenter cette petite expérience! »

III

EFFET DE LA COMMUNICATION BARBICANE

Il est impossible de peindre l'effet produit par les dernières paroles de l'honorable président. Quels cris! quelles vociférations! quelle succession de grognements, de hurrahs, de « hip! hip! hip! » et de toutes ces onomatopées qui foisonnent dans la langue américaine! C'était un désordre, un brouhaha indescriptible! Les bouches criaient, les mains battaient, les pieds ébranlaient le plancher des salles. Toutes les armes de ce musée d'artillerie, partant à la fois, n'auraient pas agité plus violemment les ondes sonores. Cela ne peut surprendre. Il y a des canonniers presque aussi bruyants que leurs canons.

Barbicane demeurait calme au milieu de ces clameurs enthousiastes; peut-être voulait-il encore adresser quelques paroles à ses collègues, car ses gestes réclamèrent le silence, et son timbre fulminant s'épuisa en violentes détonations. On ne l'entendit même pas. Bientôt il fut arraché de son siège, porté en triomphe, et des mains de ses fidèles camarades il passa dans les bras d'une foule non moins surexcitée.

Rien ne saurait étonner un Américain. On a souvent répété que le mot « impossible » n'était pas français; on s'est évidemment trompé de dictionnaire. En Amérique, tout est facile, tout est simple, et quant aux difficultés

mécaniques, elles sont mortes avant d'être
nées. Entre le projet Barbicane et sa réalisation, pas un véritable Yankee ne se fût permis
d'entrevoir l'apparence d'une difficulté. Chose
dite, chose faite.

La promenade triomphale du président se
prolongea dans la soirée. Une véritable
marche aux flambeaux. Irlandais, Allemands,
Français, Écossais, tous ces individus hétéro-
gènes dont se compose la population du
Maryland, criaient dans leur langue mater-
nelle, et les vivats, les hurrahs, les bravos
s'entremêlaient dans un inexprimable élan.

Précisément, comme si elle eût compris
qu'il s'agissait d'elle, la Lune brillait alors
avec une sereine magnificence, éclipsant de
son intense irradiation les feux environnants.
Tous les Yankees dirigeaient leurs yeux vers
son disque étincelant; les uns la saluaient de
la main, les autres l'appelaient des plus doux
noms; ceux-ci la mesuraient du regard,
ceux-là la menaçaient du poing; de huit
heures à minuit, un opticien de Jone's-Fall-
Street fit sa fortune à vendre des lunettes.
L'astre des nuits était lorgné comme une lady
de haute volée. Les Américains en agissaient
avec un sans-façon de propriétaires. Il semblait que la blonde Phœbé appartînt à ces
audacieux conquérants et fît déjà partie du
territoire de l'Union. Et pourtant il n'était
question que de lui envoyer un projectile,
façon assez brutale d'entrer en relation,
même avec un satellite, mais fort en usage
parmi les nations civilisées.

Minuit venait de sonner, et l'enthousiasme ne baissait pas; il se maintenait à dose égale dans toutes les classes de la population; le magistrat, le savant, le négociant, le marchand, le portefaix, les hommes intelligents aussi bien que les gens « verts », se sentaient remués dans leur fibre la plus délicate; il s'agissait là d'une entreprise nationale; aussi la ville haute, la ville basse, les quais baignés par les eaux du Patapsco, les navires emprisonnés dans leurs bassins regorgeaient d'une foule ivre de joie, de gin et de wisky; chacun conversait, pérorait, discutait, disputait, approuvait, applaudissait, depuis le gentleman nonchalamment étendu sur le canapé des bar-rooms devant sa chope de sherry-cobbler, jusqu'au waterman qui se grisait de « casse-poitrine » dans les sombres tavernes du Fells-Point.

Cependant, vers deux heures, l'émotion se calma. Le président Barbicane parvint à rentrer chez lui, brisé, écrasé, moulu. Un hercule n'eût pas résisté à un enthousiasme pareil. La foule abandonna peu à peu les places et les rues. Les quatre rails-roads de l'Ohio, de Susquehanna, de Philadelphie et de Washington, qui convergent à Baltimore, jetèrent le public hexogène aux quatre coins des États-Unis, et la ville se reposa dans une tranquillité relative.

Ce serait d'ailleurs une erreur de croire que, pendant cette soirée mémorable, Baltimore fût seule en proie à cette agitation. Les grandes villes de l'Union, New York, Boston,

Albany, Washington, Richmond, Crescent-City, Charleston, la Mobile, du Texas au Massachusetts, du Michigan aux Florides, toutes prenaient leur part de ce délire. En effet, les trente mille correspondants du Gun-Club connaissaient la lettre de leur président, et ils attendaient avec une égale impatience la fameuse communication du 5 octobre. Aussi, le soir même, à mesure que les paroles s'échappaient des lèvres de l'orateur, elles couraient sur les fils télégraphiques, à travers les États de l'Union, avec une vitesse de deux cent quarante-huit mille quatre cent quarante-sept milles à la seconde. On peut donc dire avec une certitude absolue qu'au même instant les États-Unis d'Amérique, dix fois grands comme la France, poussèrent un seul hurrah, et que vingt-cinq millions de cœurs, gonflés d'orgueil, battirent de la même pulsation.

Le lendemain, quinze cents journaux quotidiens, hebdomadaires, bi-mensuels ou mensuels, s'emparèrent de la question ; ils l'examinèrent sous ses différents aspects physiques, météorologiques, économiques ou moraux, au point de vue de la prépondérance politique ou de la civilisation. Ils se demandèrent si la Lune était un monde achevé, si elle ne subissait plus aucune transformation. Ressemblait-elle à la Terre au temps où l'atmosphère n'existait pas encore ? Quel spectacle présentait cette face invisible au sphéroïde terrestre ? Bien qu'il ne s'agit encore que d'envoyer un boulet à l'astre des nuits, tous

voyaient là le point de départ d'une série
d'expériences ; tous espéraient qu'un jour
l'Amérique pénétrerait les derniers secrets de
ce disque mystérieux, et quelques-uns même
semblèrent craindre que sa conquête ne
dérangeât sensiblement l'équilibre européen.

Le projet discuté, pas une feuille ne mit en
doute sa réalisation ; les recueils, les bro-
chures, les bulletins, les « magazines » publiés
par les sociétés savantes, littéraires ou reli-
gieuses, en firent ressortir les avantages, et
« la Société d'Histoire naturelle » de Boston,
« la Société américaine des sciences et des
arts » d'Albany, « la Société géographique et
statistique » de New York, « la Société philo-
sophique américaine » de Philadelphie,
« l'Institution Smithsonienne » de Washington, envoyèrent dans mille lettres leurs félicitations au Gun-Club, avec des offres immé-
diates de service et d'argent.

Aussi, on peut le dire, jamais proposition ne
réunit un pareil nombre d'adhérents ; d'hési-
tations, de doutes, d'inquiétudes, il ne fut
même pas question. Quant aux plaisanteries,
aux caricatures, aux chansons qui eussent
accueilli en Europe, et particulièrement en
France, l'idée d'envoyer un projectile à la
Lune, elles auraient fort mal servi leur
auteur ; tous les « lifepreservers » du monde
eussent été impuissants à le garantir contre
l'indignation générale. Il y a des choses dont
on ne rit pas dans le Nouveau Monde. Impey
Barbicane devint donc, à partir de ce jour, un
des plus grands citoyens des États-Unis, quel-

que chose comme le Washington de la science, et un trait, entre plusieurs, montrera jusqu'où allait cette inféodation subite d'un peuple à un homme.

Quelques jours après la fameuse séance du Gun-Club, le directeur d'une troupe anglaise annonça au théâtre de Baltimore la représentation de *Much ado about nothing*. Mais la population de la ville, voyant dans ce titre une allusion blessante aux projets du président Barbicane, envahit la salle, brisa les banquettes et obligea le malheureux directeur à changer son affiche. Celui-ci, en homme d'esprit, s'inclinant devant la volonté publique, remplaça la malencontreuse comédie par *As you like it*, et, pendant plusieurs semaines, il fit des recettes phénoménales.

IV

RÉPONSE DE L'OBSERVATOIRE DE CAMBRIDGE

Cependant Barbicane ne perdit pas un instant au milieu des ovations dont il était l'objet. Son premier soin fut de réunir ses collègues dans les bureaux du Gun-Club. Là, après discussion, on convint de consulter les astronomes sur la partie astronomique de l'entreprise ; leur réponse une fois connue, on discuterait alors les moyens mécaniques, et rien ne serait négligé pour assurer le succès de cette grande expérience.

Une note très précise, contenant des questions spéciales, fut donc rédigée et adressée à l'Observatoire de Cambridge, dans le Massachusetts. Cette ville, où fut fondée la première Université des États-Unis, est justement célèbre par son bureau astronomique. Là se trouvent réunis des savants du plus haut mérite ; là fonctionne la puissante lunette qui permit à Bond de résoudre la nébuleuse d'Andromède et à Clarke de découvrir le satellite de Sirius. Cet établissement célèbre justifiait donc à tous les titres la confiance du Gun-Club.

Aussi, deux jours après, sa réponse, si impatiemment attendue, arrivait entre les mains du président Barbicane. Elle était conçue en ces termes :

Le Directeur de l'Observatoire de Cambridge au Président du Gun-Club, à Baltimore.

« *Cambridge, 7 octobre.*
« Au reçu de votre honorée du 6 courant, adressée à l'Observatoire de Cambridge au nom des membres du Gun-Club de Baltimore, notre bureau s'est immédiatement réuni, et il a jugé à propos de répondre comme suit :

« Les questions qui lui ont été posées sont celles-ci :

« 1° Est-il possible d'envoyer un projectile dans la Lune ?

« 2° Quelle est la distance exacte qui sépare la Terre de son satellite ?

« 3° Quelle sera la durée du trajet du projectile auquel aura été imprimée une vitesse initiale suffisante, et, par conséquent, à quel moment devra-t-on le lancer pour qu'il rencontre la Lune en un point déterminé ?

« 4° A quel moment précis la Lune se présentera-t-elle dans la position la plus favorable pour être atteinte par le projectile ?

« 5° Quel point du ciel devra-t-on viser avec le canon destiné à lancer le projectile ?

« 6° Quelle place la Lune occupera-t-elle dans le ciel au moment où partira le projectile ?

« Sur la première question : — Est-il possible d'envoyer un projectile dans la Lune ?

« Oui, il est possible d'envoyer un projectile dans la Lune, si l'on parvient à animer ce projectile d'une vitesse initiale de douze mille yards par seconde. Le calcul démontre que cette vitesse est suffisante. A mesure que l'on s'éloigne de la Terre, l'action de la pesanteur diminue en raison inverse du carré des distances, c'est-à-dire que, pour une distance trois fois plus grande, cette action est neuf fois moins forte. En conséquence, la pesanteur du boulet décroîtra rapidement, et finira par s'annuler complètement au moment où l'attraction de la Lune fera équilibre à celle de la Terre, c'est-à-dire aux quarante-sept cinquante-deuxièmes du trajet. En ce moment, le projectile ne pèsera plus, et, s'il franchit ce point, il tombera sur la Lune par l'effet seul de l'attraction lunaire. La possibilité théorique de l'expérience est donc absolument démontrée; quant à sa réussite, elle dépend uniquement de la puissance de l'engin employé.

« Sur la deuxième question : — Quelle est la distance exacte qui sépare la Terre de son satellite?

« La Lune ne décrit pas autour de la Terre une circonférence, mais bien une ellipse dont notre globe occupe l'un des foyers; de là cette conséquence que la Lune se trouve tantôt plus rapprochée de la Terre, et tantôt plus éloignée, ou, en termes astronomiques, tantôt dans son apogée, tantôt dans son périgée. Or, la différence entre sa plus grande et sa plus petite distance est assez considérable, dans l'espèce, pour qu'on ne doive pas la négliger. En effet, dans son apogée, la Lune est à deux cent quarante-sept mille cinq cent cinquante-deux milles (— 99 640 lieues de 4 kilomètres), et dans son périgée à deux cent dix-huit mille six cent cinquante-sept milles seulement (— 88 010 lieues), ce qui fait une différence de vingt-huit mille huit cent quatre-vingt-quinze milles (— 11 630 lieues), ou plus du neuvième du parcours. C'est donc la distance périgéenne de la Lune qui doit servir de base aux calculs.

« Sur la troisième question : — Quelle sera la durée du trajet du projectile auquel aura été imprimée une vitesse initiale suffisante, et, par conséquent, à quel moment devra-t-on le lancer pour qu'il rencontre la Lune en un point déterminé?

« Si le boulet conservait indéfiniment la vitesse initiale de douze mille yards par seconde qui lui aura été imprimée à son départ, il ne mettrait que neuf heures environ à se rendre à sa destination ; mais comme cette vitesse initiale ira continuellement en décroissant, il se trouve, tout calcul fait, que le projectile emploiera trois cent mille secondes, soit quatre-vingt-trois heures et vingt minutes, pour atteindre le point où les attractions terrestre et lunaire se font équilibre, et de ce point il tombera sur la Lune en cinquante mille secondes, ou treize heures cinquante-trois minutes et vingt secondes. Il conviendra donc de le lancer quatre-vingt-dix-sept heures treize minutes et vingt secondes avant l'arrivée de la Lune au point visé.

« Sur la quatrième question : — A quel moment précis la Lune se présentera-t-elle dans la position la plus favorable pour être atteinte par le projectile ?

« D'après ce qui vient d'être dit ci-dessus, il faut d'abord choisir l'époque où la Lune sera dans son périgée, et en même temps le moment où elle passera au zénith, ce qui diminuera encore le parcours d'une distance égale au rayon terrestre, soit trois mille neuf cent dix-neuf milles ; de telle sorte que le trajet définitif sera de deux cent quatorze mille neuf cent soixante-seize milles (— 86 410 lieues). Mais, si chaque mois la Lune passe à son périgée, elle ne se trouve pas toujours au zénith à ce moment. Elle ne se présente dans ces deux conditions qu'à de longs intervalles. Il faudra donc attendre la coïncidence du passage au périgée et au zénith. Or, par une heureuse circonstance, le 4 décembre de l'année prochaine, la Lune offrira ces deux conditions : à minuit, elle sera dans son périgée, c'est-à-dire à sa plus courte distance de la Terre, et elle passera en même temps au zénith.

« Sur la cinquième question : — Quel point du ciel devra-t-on viser avec le canon destiné à lancer le projectile ?

« Les observations précédentes étant admises, le canon devra être braqué sur le zénith du lieu ; de la sorte, le tir sera perpendiculaire au plan de l'horizon, et le projectile se dérobera plus rapidement aux effets de l'attraction terrestre. Mais, pour que la Lune monte au zénith d'un lieu, il faut que ce lieu ne soit pas plus haut en latitude que la déclinaison de cet astre, autrement dit, qu'il soit compris entre 0° et 28° de latitude nord ou sud. En tout autre endroit, le tir devrait être nécessairement oblique, ce qui nuirait à la réussite de l'expérience.

« Sur la sixième question : — Quelle place la Lune occupera-t-elle dans le ciel au moment où partira le projectile ?

« Au moment où le projectile sera lancé dans l'espace, la Lune, qui avance chaque jour de treize degrés dix minutes et trente-cinq secondes, devra se trouver éloignée du point zénithal de quatre fois ce nombre, soit cinquante-deux degrés quarante-deux minutes et vingt secondes, espace qui correspond au chemin qu'elle fera pendant la durée du parcours du projectile. Mais comme il faut également tenir compte de la déviation que fera éprouver au boulet le mouvement de rotation de la terre, et comme le boulet n'arrivera à la Lune qu'après avoir dévié d'une distance égale à seize rayons terrestres, qui, comptés sur l'orbite de la Lune, font environ onze degrés, on doit ajouter ces onze degrés à ceux qui expriment le retard de la Lune déjà mentionné, soit soixante-quatre degrés en chiffres ronds. Ainsi donc, au moment du tir, le rayon visuel mené à la Lune fera avec la verticale du lieu un angle de soixante-quatre degrés.

« Telles sont les réponses aux questions posées à l'Observatoire de Cambridge par les membres du Gun-Club.

« En résumé :

« 1° Le canon devra être établi dans un pays situé entre 0° et 28° de latitude nord ou sud.

« 2° Il devra être braqué sur le zénith du lieu.

« 3° Le projectile devra être animé d'une vitesse initiale de douze mille yards par seconde.

4° Il devra être lancé le 1er décembre de l'année prochaine, à onze heures moins treize minutes et vingt secondes.

5° Il rencontrera la Lune quatre jours après son départ, le 4 décembre à minuit précis, au moment où elle passera au zénith.

« Les membres du Gun-Club doivent donc commencer sans retard les travaux nécessités par une pareille entreprise et être prêts à opérer au moment déterminé, car, s'ils laissaient passer cette date du 4 décembre, ils ne retrou-

veraient la Lune dans les mêmes conditions
de périgée et de zénith que dix-huit ans et
onze jours après.

« Le bureau de l'Observatoire de Cambridge
se met entièrement à leur disposition pour les
questions d'astronomie théorique, et il joint
par la présente ses félicitations à celles de
l'Amérique tout entière.

« Pour le bureau :

« J.-M.BELFAST,
« *Directeur de l'Observatoire
de Cambridge.* »

V

LE ROMAN DE LA LUNE

Un observateur doué d'une vue infiniment
pénétrante, et placé à ce centre inconnu
autour duquel gravite le monde, aurait vu des
myriades d'atomes remplir l'espace à l'époque
chaotique de l'univers. Mais peu à peu, avec
les siècles, un changement se produisit; une
loi d'attraction se manifesta, à laquelle
obéirent les atomes errants jusqu'alors; ces
atomes se combinèrent chimiquement suivant leurs affinités, se firent molécules et formèrent ces amas nébuleux dont sont parse-
mées les profondeurs du ciel.

Ces amas furent aussitôt animés d'un mouvement de rotation autour de leur point central. Ce centre, formé de molécules vagues, se prit à tourner sur lui-même en se condensant progressivement; d'ailleurs, suivant des lois immuables de la mécanique, à mesure que son volume diminuait par la condensation, son mouvement de rotation s'accélérait, et ces deux effets persistant, il en résulta une étoile principale, centre de l'amas nébuleux.

En regardant attentivement, l'observateur eût alors vu les autres molécules de l'amas se comporter comme l'étoile centrale, se condenser à sa façon par un mouvement de rotation progressivement accéléré, et graviter autour d'elle sous forme d'étoiles innombrables. La nébuleuse, dont les astronomes comptent près de cinq mille actuellement, était formée.

Parmi ces cinq mille nébuleuses, il en est une que les hommes ont nommée la Voie lactée, et qui renferme dix-huit millions d'étoiles, dont chacune est devenue le centre d'un monde solaire.

Si l'observateur eût alors spécialement examiné entre ces dix-huit millions d'astres l'un des plus modestes et des moins brillants, une étoile de quatrième ordre, celle qui s'appelle orgueilleusement le Soleil, tous les phénomènes auxquels est due la formation de l'univers se seraient successivement accomplis à ses yeux.

En effet, ce Soleil, encore à l'état gazeux et composé de molécules mobiles, il l'eût aperçu tournant sur son axe pour achever son travail de concentration. Ce mouvement, fidèle aux lois de la mécanique, se fût accéléré avec la diminution de volume, et un moment serait arrivé où la force centrifuge l'aurait emporté sur la force centripète, qui tend à repousser les molécules vers le centre.

Alors un autre phénomène se serait passé devant les yeux de l'observateur, et les molécules situées dans le plan de l'équateur, s'échappant comme la pierre d'une fronde dont la corde vient à se briser subitement, auraient été former autour du Soleil plusieurs anneaux concentriques semblables à celui de Saturne. A leur tour, ces anneaux de matière cosmique, pris d'un mouvement de rotation autour de la masse centrale, se seraient brisés et décomposés en nébulosités secondaires, c'est-à-dire en planètes.

Si l'observateur eût alors concentré toute son attention sur ces planètes, il les aurait vues se comporter exactement comme le Soleil et donner naissance à un ou plusieurs anneaux cosmiques, origines de ces astres d'ordre inférieur qu'on appelle satellites.

Ainsi donc, en remontant de l'atome à la molécule, de la molécule à l'amas nébuleux, de l'amas nébuleux à la nébuleuse, de la nébuleuse à l'étoile principale, de l'étoile principale au Soleil, du Soleil à la planète, et de la planète au satellite, on a toute la série des transformations subies par les corps célestes depuis les premiers jours du monde.

Le Soleil semble perdu dans les immensités

du monde stellaire, et cependant il est rattaché, par les théories actuelles de la science, à
la nébuleuse de la Voie lactée. Centre d'un
monde, et si petit qu'il paraisse au milieu des
régions éthérées, il est cependant énorme, car
sa grosseur est quatorze cent mille fois celle
de la Terre. Autour de lui gravitent huit planètes, sorties de ses entrailles mêmes aux premiers temps de la Création. Ce sont, en allant
du plus proche de ces astres au plus éloigné,
Mercure, Vénus, la Terre, Mars, Jupiter,
Saturne, Uranus et Neptune. De plus entre
Mars et Jupiter circulent régulièrement
d'autres corps moins considérables, peut-être
les débris errants d'un astre brisé en plusieurs
milliers de morceaux, dont le télescope a
reconnu quatre-vingt-dix-sept jusqu'à ce jour.

De ces serviteurs que le Soleil maintient
dans leur orbite elliptique par la grande loi de
la gravitation, quelques-uns possèdent à leur
tour des satellites. Uranus en a huit, Saturne
huit, Jupiter quatre, Neptune trois peut-être,
la Terre un ; ce dernier, l'un des moins importants du monde solaire, s'appelle la Lune, et
c'est lui que le génie audacieux des Américains prétendait conquérir.

L'astre des nuits, par sa proximité relative
et le spectacle rapidement renouvelé de ses
phases diverses, a tout d'abord partagé avec le
Soleil l'attention des habitants de la Terre ;
mais le Soleil est fatigant au regard, et les
splendeurs de sa lumière obligent ses contemplateurs à baisser les yeux.

La blonde Phœbé, plus humaine au

contraire, se laisse complaisamment voir
dans sa grâce modeste; elle est douce à l'œil,
peu ambitieuse, et cependant, elle se permet
parfois d'éclipser son frère, le radieux Apol-
lon, sans jamais être éclipsée par lui. Les
mahométans ont compris la reconnaissance
qu'ils devaient à cette fidèle amie de la Terre,
et ils ont réglé leur mois sur sa révolution.

Les premiers peuples vouèrent un culte particulier à cette chaste déesse. Les Égyptiens
l'appelaient Isis; les Phéniciens la nommaient
Astarté; les Grecs l'adorèrent sous le nom de
Phœbé, fille de Latone et de Jupiter, et ils
expliquaient ses éclipses par les visites mysté-
rieuses de Diane au bel Endymion. A en croire
la légende mythologique, le lion de Némée
parcourut les campagnes de la Lune avant son
apparition sur la Terre, et le poète Agésianax,
cité par Plutarque, célébra dans ses vers ces
doux yeux, ce nez charmant et cette bouche
aimable, formés par les parties lumineuses de
l'adorable Séléné.

Mais si les Anciens comprirent bien le
caractère, le tempérament, en un mot, les
qualités morales de la Lune au point de vue
mythologique, les plus savants d'entre eux
demeurèrent fort ignorants en sélénographie.

Cependant, plusieurs astronomes des époques reculées découvrirent certaines parti-
cularités confirmées aujourd'hui par la
science. Si les Arcadiens prétendirent avoir
habité la Terre à une époque où la Lune
n'existait pas encore, si Tatius la regarda
comme un fragment détaché du disque

solaire, si Cléarque, le disciple d'Aristote, en fit un miroir poli sur lequel se réfléchissaient les images de l'Océan, si d'autres enfin ne virent en elle qu'un amas de vapeurs exhalées par la Terre, ou un globe moitié feu, moitié glace, qui tournait sur lui-même, quelques savants, au moyen d'observations sagaces, à défaut d'instruments d'optique, soupçonnèrent la plupart des lois qui régissent l'astre des nuits.

Ainsi Thales de Milet, 460 ans avant J.-C., émit l'opinion que la Lune était éclairée par le Soleil. Aristarque de Samos donna la véritable explication de ses phases. Cléomène enseigna qu'elle brillait d'une lumière réfléchie. Le Chaldéen Bérose découvrit que la durée de son mouvement de rotation était égale à celle de son mouvement de révolution, et il expliqua de la sorte le fait que la Lune présente toujours la même face. Enfin Hipparque, deux siècles avant l'ère chrétienne, reconnut quelques inégalités dans les mouvements apparents du satellite de la Terre.

Ces diverses observations se confirmèrent par la suite et profitèrent aux nouveaux astronomes. Ptolémée, au IIe siècle, l'Arabe Aboul-Wéfa, au Xe, complétèrent les remarques d'Hipparque sur les inégalités que subit la Lune en suivant la ligne ondulée de son orbite sous l'action du Soleil. Puis Copernic, au XVe siècle, et Tycho Brahé, au XVIe, exposèrent complètement le système du monde et le rôle que joue la Lune dans l'ensemble des corps célestes.

A cette époque, ses mouvements étaient à peu près déterminés; mais de sa constitution physique on savait peu de chose. Ce fut alors que Galilée expliqua les phénomènes de lumière produits dans certaines phases par l'existence de montagnes auxquelles il donna une hauteur moyenne de quatre mille cinq cents toises.

Après lui, Hevelius, un astronome de Dantzig, rabaissa les plus hautes altitudes à deux mille six cents toises; mais son confrère Riccioli les reporta à sept mille.

Herschell, à la fin du XVIIIe siècle, armé d'un puissant télescope, réduisit singulièrement les mesures précédentes. Il donna dix-neuf cents toises aux montagnes les plus élevées, et ramena la moyenne des différentes hauteurs à quatre cents toises seulement. Mais Herschell se trompait encore, et il fallut les observations de Shrœter, Louville, Halley, Nasmyth, Bianchini, Pastorf, Lohrman, Gruithuysen, et surtout les patientes études de MM. Beer et Mœdeler, pour résoudre définitivement la question. Grâce à ces savants, l'élévation des montagnes de la Lune est parfaitement connue aujourd'hui. MM. Beer et Mœdeler ont mesuré dix-neuf cent cinq hauteurs, dont six sont au-dessus de deux mille six cents toises, et vingt-deux au-dessus de deux mille quatre cents. Leur plus haut sommet domine de trois mille huit cent et une toises la surface du disque lunaire.

En même temps, la reconnaissance de la Lune se complétait; cet astre apparaissait criblé de cratères, et sa nature essentiellement volcanique s'affirmait à chaque observation. Du défaut de réfraction dans les rayons des planètes occultées par elle, on conclut que l'atmosphère devait presque absolument lui manquer. Cette absence d'air entraînait l'absence d'eau. Il devenait donc manifeste que les Sélénites, pour vivre dans ces conditions, devaient avoir une organisation spéciale et différer singulièrement des habitants de la Terre.

Enfin, grâce aux méthodes nouvelles, les instruments plus perfectionnés fouillèrent la Lune sans relâche, ne laissant pas un point de sa face inexploré, et cependant son diamètre mesure deux mille cent cinquante milles, sa surface est la treizième partie de la surface du globe, son volume la quarante-neuvième partie du volume du sphéroïde terrestre ; mais aucun de ses secrets ne pouvait échapper à l'œil des astronomes, et ces habiles savants portèrent plus loin encore leurs prodigieuses observations.

Ainsi ils remarquèrent que, pendant la pleine Lune, le disque apparaissait dans certaines parties rayé de lignes blanches, et pendant les phases, rayé de lignes noires. En étudiant avec une plus grande précision, ils parvinrent à se rendre un compte exact de la nature de ces lignes. C'étaient des sillons longs et étroits, creusés entre des bords parallèles, aboutissant généralement aux contours des cratères ; ils avaient une longueur comprise entre dix et cent milles et une largeur de

huit cents toises. Les astronomes les appe-
lèrent des rainures, mais tout ce qu'ils surent
faire, ce fut de les nommer ainsi. Quant à la
question de savoir si ces rainures étaient des
lits desséchés d'anciennes rivières ou non, ils
ne purent la résoudre d'une manière
complète. Aussi les Américains espéraient
bien déterminer, un jour ou l'autre, ce fait
géologique. Ils se réservaient également de
reconnaître cette série de remparts parallèles
découverts à la surface de la Lune par Gruithuysen, savant professeur de Munich, qui les
considéra comme un système de fortifications
élevées par les ingénieurs sélénites. Ces deux
points, encore obscurs, et bien d'autres sans
doute, ne pouvaient être définitivement réglés
qu'après une communication directe avec la
Lune.

Quant à l'intensité de sa lumière, il n'y avait
plus rien à apprendre à cet égard; on savait
qu'elle est trois cent mille fois plus faible que
celle du Soleil, et que sa chaleur n'a pas
d'action appréciable sur les thermomètres;
quant au phénomène connu sous le nom de
lumière cendrée, il s'explique naturellement
par l'effet des rayons du Soleil renvoyés de la
Terre à la Lune, et qui semblent compléter le
disque lunaire, lorsque celui-ci se présente
sous la forme d'un croissant dans ses première et dernière phases.

Tel était l'état des connaissances acquises
sur le satellite de la Terre, que le Gun-Club se
proposait de compléter à tous les points de
vue, cosmographiques, géologiques, politiques et moraux.

VI

CE QU'IL N'EST PAS POSSIBLE D'IGNORER ET CE QU'IL N'EST PLUS PERMIS DE CROIRE DANS LES ÉTATS-UNIS

La proposition Barbicane avait eu pour résultat immédiat de remettre à l'ordre du jour tous les faits astronomiques relatifs à l'astre des nuits. Chacun se mit à l'étudier assidûment. Il semblait que la Lune apparût pour la première fois sur l'horizon et que personne ne l'eût encore entrevue dans les cieux. Elle devint à la mode ; elle fut la lionne du jour sans en paraître moins modeste, et prit rang parmi les « étoiles » sans en montrer plus de fierté. Les journaux ravivèrent les vieilles anecdotes dans lesquelles ce « Soleil des loups » jouait un rôle ; ils rappelèrent les influences que lui prêtait l'ignorance des premiers âges ; ils le chantèrent sur tous les tons ; un peu plus, ils eussent cité de ses bons mots ; l'Amérique entière fut prise de sélénomanie.

De leur côté, les revues scientifiques traitèrent plus spécialement les questions qui touchaient à l'entreprise du Gun-Club ; la lettre de l'Observatoire de Cambridge fut publiée par elles, commentée et approuvée sans réserve.

Bref, il ne fut plus permis, même au moins lettré des Yankees, d'ignorer un seul des faits relatifs à son satellite, ni à la plus bornée des vieilles mistress d'admettre encore de superstitieuses erreurs à son endroit. La science leur arrivait sous toutes les formes; elle les pénétrait par les yeux et les oreilles; impossible d'être un âne... en astronomie.

Jusqu'alors, bien des gens ignoraient comment on avait pu calculer la distance qui sépare la Lune de la Terre. On profita de la circonstance pour leur apprendre que cette distance s'obtenait par la mesure de la parallaxe de la Lune. Si le mot parallaxe semblait les étonner, on leur disait que c'était l'angle formé par deux lignes droites menées de chaque extrémité du rayon terrestre jusqu'à la Lune. Doutaient-ils de la perfection de cette méthode, on leur prouvait immédiatement que, non seulement cette distance moyenne était bien de deux cent trente-quatre mille trois cent quarante-sept milles (— 94 330 lieues), mais encore que les astronomes ne se trompaient pas de soixante-dix milles (— 30 lieues).

A ceux qui n'étaient pas familiarisés avec les mouvements de la Lune, les journaux démontraient quotidiennement qu'elle possède deux mouvements distincts, le premier dit de rotation sur un axe, le second dit de révolution autour de la Terre, s'accomplissant tous les deux dans un temps égal, soit vingt-sept jours et un tiers.

Le mouvement de rotation est celui qui crée le jour et la nuit à la surface de la Lune; seulement il n'y a qu'un jour, il n'y a qu'une nuit par mois lunaire, et ils durent chacun trois cent cinquante-quatre heures et un tiers. Mais, heureusement pour elle, la face tournée vers le globe terrestre est éclairée par lui avec une intensité égale à la lumière de quatorze Lunes. Quant à l'autre face, toujours invisible, elle a naturellement trois cent cinquante-quatre heures d'une nuit absolue, tempérée seulement par cette « pâle clarté qui tombe des étoiles ». Ce phénomène est uniquement dû à cette particularité que les mouvements de rotation et de révolution s'accomplissent dans un temps rigoureusement égal, phéno-mène commun, suivant Cassini et Herschell, aux satellites de Jupiter, et très probablement à tous les autres satellites.

Quelques esprits bien disposés, mais un peu rétifs, ne comprenaient pas tout d'abord que, si la Lune montrait invariablement la même face à la Terre pendant sa révolution, c'est que, dans le même laps de temps, elle faisait un tour sur elle-même. A ceux-là, on disait : « Allez dans votre salle à manger, et tournez autour de la table de manière à toujours en regarder le centre ; quand votre promenade circulaire sera achevée, vous aurez fait un tour sur vous-même, puisque votre œil aura parcouru successivement tous les points de la salle. Eh bien ! la salle, c'est le Ciel, la table, c'est la Terre, et la Lune, c'est vous ! » Et ils s'en allaient enchantés de la comparaison.

Ainsi donc, la Lune montre sans cesse la même face à la Terre ; cependant, pour être exact, il faut ajouter que, par suite d'un cer-tain balancement du nord au sud et de l'ouest à l'est appelé « libration », elle laisse aperce-voir un peu plus de la moitié de son disque, soit les cinquante-sept centièmes environ.

Lorsque les ignorants en savaient autant que le directeur de l'Observatoire de Cambridge sur le mouvement de rotation de la Lune, ils s'inquiétaient beaucoup de son mouvement de révolution autour de la Terre, et vingt revues scientifiques avaient vite fait de les instruire. Ils apprenaient alors que le firmament, avec son infinité d'étoiles, peut être considéré comme un vaste cadran sur lequel la Lune se promène en indiquant l'heure vraie à tous les habitants de la Terre ; que c'est dans ce mouvement que l'astre des nuits présente ses différentes phases ; que la Lune est pleine, quand elle est en opposition avec le Soleil, c'est-à-dire lorsque les trois astres sont sur la même ligne, la Terre étant au milieu ; que la Lune est nouvelle quand elle est en conjonction avec le Soleil, c'est-à-dire lorsqu'elle se trouve entre la Terre et lui ; enfin que la Lune est dans son premier ou dans son dernier quartier, quand elle fait avec le Soleil et la Terre un angle droit dont elle occupe le sommet.

Quelques Yankees perspicaces en déduisaient alors cette conséquence, que les éclipses ne pouvaient se produire qu'aux époques de conjonction ou d'opposition, et ils raisonnaient bien. En conjonction, la Lune peut éclipser le Soleil, tandis qu'en opposition, c'est la Terre qui peut l'éclipser à son tour, et si ces éclipses n'arrivent pas deux fois par lunaison, c'est parce que le plan suivant lequel se meut la Lune est incliné sur l'écliptique, autrement dit, sur le plan suivant lequel se meut la Terre.

Quant à la hauteur que l'astre des nuits peut atteindre au-dessus de l'horizon, la lettre de l'Observatoire de Cambridge avait tout dit à cet égard. Chacun savait que cette hauteur varie suivant la latitude du lieu où on l'observe. Mais les seules zones du globe pour lesquelles la Lune passe au zénith, c'est-à-dire vient se placer directement au-dessus de la tête de ses contemplateurs, sont nécessairement comprises entre les vingt-huitièmes parallèles et l'équateur. De là cette recommandation importante de tenter l'expérience sur un point quelconque de cette partie du globe, afin que le projectile pût être lancé perpendiculairement et échapper ainsi plus vite à l'action de la pesanteur. C'était une condition essentielle pour le succès de l'entreprise, et elle ne laissait pas de préoccuper vivement l'opinion publique.

Quant à la ligne suivie par la Lune dans sa révolution autour de la Terre, l'Observatoire de Cambridge avait suffisamment appris, même aux ignorants de tous les pays, que cette ligne est une courbe rentrante, non pas un cercle, mais bien une ellipse, dont la Terre occupe un des foyers. Ces orbites elliptiques sont communes à toutes les planètes aussi bien qu'à tous les satellites, et la mécanique rationnelle prouve rigoureusement qu'il ne pouvait en être autrement. Il était bien entendu que la Lune dans son apogée se trouvait plus éloignée de la Terre, et plus rapprochée dans son périgée.

Voilà donc ce que tout Américain savait bon

gré mal gré, ce que personne ne pouvait décemment ignorer. Mais si ces vrais principes se vulgarisèrent rapidement, beaucoup d'erreurs, certaines craintes illusoires, furent moins faciles à déraciner.

Ainsi, quelques braves gens, par exemple, soutenaient que la Lune était une ancienne comète, laquelle, en parcourant son orbite allongée autour du Soleil, vint à passer près de la Terre et se trouva retenue dans son cercle d'attraction. Ces astronomes de salon prétendaient expliquer ainsi l'aspect brûlé de la Lune, malheur irréparable dont ils se prenaient à l'astre radieux. Seulement, quand on leur faisait observer que les comètes ont une atmosphère et que la Lune n'en a que peu ou pas, ils restaient fort empêchés de répondre.

D'autres, appartenant à la race des trembleurs, manifestaient certaines craintes à l'endroit de la Lune; ils avaient entendu dire que, depuis les observations faites au temps des Califes, son mouvement de révolution s'accélérait dans une certaine proportion; ils en déduisaient de là, fort logiquement d'ailleurs, qu'à une accélération de mouvement devait correspondre une diminution dans la distance des deux astres, et que, ce double effet se prolongeant à l'infini, la Lune finirait un jour par tomber sur la Terre. Cependant, ils durent se rassurer et cesser de craindre pour les générations futures, quand on leur apprit que, suivant les calculs de Laplace, un illustre mathématicien français, cette accélération de mouvement se renferme dans des limites fort restreintes, et qu'une diminution proportionnelle ne tardera pas à lui succéder. Ainsi donc, l'équilibre du monde solaire ne pouvait être dérangé dans les siècles à venir.

Restait en dernier lieu la classe superstitieuse des ignorants ; ceux-là ne se contentent pas d'ignorer, ils savent ce qui n'est pas, et à propos de la Lune ils en savaient long. Les uns regardaient son disque comme un miroir poli au moyen duquel on pouvait se voir des divers points de la Terre et se communiquer ses pensées. Les autres prétendaient que sur mille nouvelles Lunes observées, neuf cent cinquante avaient amené des changements notables, tels que cataclysmes, révolutions, tremblements de terre, déluges, etc. ; ils croyaient donc à l'influence mystérieuse de l'astre des nuits sur les destinées humaines ; ils le regardaient comme le « véritable contre poids » de l'existence ; ils pensaient que chaque Sélénite était rattaché à chaque habitant de la Terre par un lien sympathique ; avec le docteur Mead, ils soutenaient que le système vital lui est entièrement soumis, prétendant, sans en démordre, que les garçons naissent surtout pendant la nouvelle Lune, et les filles pendant le dernier quartier, etc., etc. Mais enfin il fallut renoncer à ces vulgaires erreurs, revenir à la seule vérité, et si la Lune, dépouillée de son influence, perdit dans l'esprit de certains courtisans de tous les pouvoirs, si quelques dos lui furent tournés, l'immense majorité se prononça pour elle. Quant aux Yankees, ils n'eurent plus d'autre

ambition que de prendre possession de ce
nouveau continent des airs et d'arborer à son
plus haut sommet le pavillon étoilé des États-
Unis d'Amérique.

VII

L'HYMNE DU BOULET

L'observatoire de Cambridge avait, dans sa
mémorable lettre du 7 octobre, traité la question au point de vue astronomique; il s'agissait désormais de la résoudre mécanique-
ment. C'est alors que les difficultés pratiques
eussent paru insurmontables en tout autre
pays que l'Amérique. Ici ce ne fut qu'un jeu.

Le président Barbicane avait, sans perdre
de temps, nommé dans le sein du Gun-Club
un Comité d'exécution. Ce Comité devait en
trois séances élucider les trois grandes questions du canon, du projectile et des poudres;
il fut composé de quatre membres très
savants sur ces matières : Barbicane, avec
voix prépondérante en cas de partage, le général Morgan, le major Elphiston, et enfin l'iné-
vitable J.-T. Maston, auquel furent confiées
les fonctions de secrétaire-rapporteur.

Le 8 octobre, le Comité se réunit chez le
président Barbicane, 3, Republican-street.
Comme il était important que l'estomac ne

vînt pas troubler par ses cris une aussi sérieuse discussion, les quatre membres du Gun-Club prirent place à une table couverte de sandwiches et de théières considérables. Aussitôt J.-T. Maston vissa sa plume à son crochet de fer, et la séance commença.

Barbicane prit la parole :

« Mes chers collègues, dit-il, nous avons à résoudre un des plus importants problèmes de la balistique, cette science par excellence, qui traite du mouvement des projectiles, c'est-à-dire des corps lancés dans l'espace par une force d'impulsion quelconque, puis abandonnés à eux-mêmes.

— Oh! la balistique! la balistique! s'écria J.-T. Maston d'une voix émue.

— Peut-être eût-il paru plus logique, reprit Barbicane, de consacrer cette première séance à la discussion de l'engin...

— En effet, répondit le général Morgan.

— Cependant, reprit Barbicane, après mûres réflexions, il m'a semblé que la question du projectile devait primer celle du canon, et que les dimensions de celui-ci devaient dépendre des dimensions de celui-là.

— Je demande la parole », s'écria J.-T. Maston.

La parole lui fut accordée avec l'empressement que méritait son passé magnifique.

« Mes braves amis, dit-il d'un accent inspiré, notre président a raison de donner à la question du projectile le pas sur toutes les autres! Ce boulet que nous allons lancer à la Lune, c'est notre messager, notre ambassadeur, et je vous demande la permission de le considérer à un point de vue purement moral. »

Cette façon nouvelle d'envisager un projectile piqua singulièrement la curiosité des membres du Comité; ils accordèrent donc la plus vive attention aux paroles de J.-T. Maston.

« Mes chers collègues, reprit ce dernier, je serai bref; je laisserai de côté le boulet physique, le boulet qui tue, pour n'envisager que le boulet mathématique, le boulet moral. Le boulet est pour moi la plus éclatante manifestation de la puissance humaine; c'est en lui qu'elle se résume tout entière; c'est en le créant que l'homme s'est le plus rapproché du Créateur!

— Très bien! dit le major Elphiston.

— En effet, s'écria l'orateur, si Dieu a fait les étoiles et les planètes, l'homme a fait le boulet, ce critérium des vitesses terrestres, cette réduction des astres errant dans l'espace, et qui ne sont, à vrai dire, que des projectiles! A Dieu la vitesse de l'électricité, la vitesse de la lumière, la vitesse des étoiles, la vitesse des comètes, la vitesse des planètes, la vitesse des satellites, la vitesse du son, la vitesse du vent! Mais à nous la vitesse du boulet, cent fois supérieure à la vitesse des trains et des chevaux les plus rapides! »

J.-T. Maston était transporté; sa voix prenait des accents lyriques en chantant cet hymne sacré du boulet.

« Voulez-vous des chiffres? reprit-il, en

voilà d'éloquents! Prenez simplement le modeste boulet de vingt-quatre; s'il court huit cent mille fois moins vite que l'électricité, six cent quarante fois moins vite que la lumière, soixante-seize fois moins vite que la Terre dans son mouvement de translation autour du Soleil, cependant, à la sortie du canon, il dépasse la rapidité du son, il fait deux cents toises à la seconde, deux mille toises en dix secondes, quatorze milles à la minute (— 6 lieues), huit cent quarante milles à l'heure (— 360 lieues), vingt mille cent milles par jour (— 8 640 lieues), c'est-à-dire la vitesse des points de l'équateur dans le mouvement de rotation du globe, sept millions trois cent trente-six mille cinq cents milles par an (— 3 155 760 lieues). Il mettrait donc onze jours à se rendre à la Lune, douze ans à parvenir au Soleil, trois cent soixante ans à atteindre Neptune aux limites du monde solaire. Voilà ce que ferait ce modeste boulet, l'ouvrage de nos mains! Que sera-ce donc quand, vingtuplant cette vitesse, nous le lancerons avec une rapidité de sept milles à la seconde! Ah! boulet superbe! splendide projectile! j'aime à penser que tu seras reçu là-haut avec les honneurs dus à un ambassadeur terrestre! »

Des hurrahs accueillirent cette ronflante péroraison, et J.-T. Maston, tout ému, s'assit au milieu des félicitations de ses collègues.

« Et maintenant, dit Barbicane, que nous avons fait une large part à la poésie, attaquons directement la question.

— Nous sommes prêts, répondirent les

membres du Comité en absorbant chacun une demi-douzaine de sandwiches.

— Vous savez quel est le problème à résoudre, reprit le président ; il s'agit d'imprimer à un projectile une vitesse de douze mille yards par seconde. J'ai lieu de penser que nous y réussirons. Mais, en ce moment, examinons les vitesses obtenues jusqu'ici ; le général Morgan pourra nous édifier à cet égard.

— D'autant plus facilement, répondit le général, que, pendant la guerre, j'étais membre de la commission d'expérience. Je vous dirai donc que les canons de cent de Dahlgreen, qui portaient à deux mille cinq cents toises, imprimaient à leur projectile une vitesse initiale de cinq cents yards à la seconde.

— Bien. Et la Columbiad Rodman ? demanda le président.

— La Columbiad Rodman, essayée au fort Hamilton, près de New York, lançait un boulet pesant une demi-tonne à une distance de six milles, avec une vitesse de huit cents yards par seconde, résultat que n'ont jamais obtenu Armstrong et Pallisser en Angleterre.

— Oh ! les Anglais ! fit J.-T. Maston en tournant vers l'horizon de l'est son redoutable crochet.

— Ainsi donc, reprit Barbicane, ces huit cents yards seraient la vitesse maximum atteinte jusqu'ici ?

— Oui, répondit Morgan.

— Je dirai, cependant, répliqua J.-T. Maston, que si mon mortier n'eût pas éclaté...

— Oui, mais il a éclaté, répondit Barbicane avec un geste bienveillant. Prenons donc pour point de départ cette vitesse de huit cents yards. Il faudra la vingtupler. Aussi, réservant pour une autre séance la discussion des moyens destinés à produire cette vitesse, j'appellerai votre attention, mes chers collègues, sur les dimensions qu'il convient de donner au boulet. Vous pensez bien qu'il ne s'agit plus ici de projectiles pesant au plus une demi-tonne!

— Pourquoi pas? demanda le major.

— Parce que ce boulet, répondit vivement J.-T. Maston, doit être assez gros pour attirer l'attention des habitants de la Lune, s'il en existe toutefois.

— Oui, répondit Barbicane, et pour une autre raison plus importante encore.

— Que voulez-vous dire, Barbicane? demanda le major.

— Je veux dire qu'il ne suffit pas d'envoyer un projectile et de ne plus s'en occuper; il faut que nous le suivions pendant son parcours jusqu'au moment où il atteindra le but.

— Hein! firent le général et le major, un peu surpris de la proposition.

— Sans doute, reprit Barbicane en homme sûr de lui, sans doute, ou notre expérience ne produira aucun résultat.

— Mais alors, répliqua le major, vous allez donner à ce projectile des dimensions énormes?

— Non. Veuillez bien m'écouter. Vous savez que les instruments d'optique ont acquis une grande perfection; avec certains télescopes on est déjà parvenu à obtenir des grossissements de six mille fois, et à ramener la Lune à quarante milles environ (— 16 lieues). Or, à cette distance, les objets ayant soixante pieds de côté sont parfaitement visibles. Si l'on n'a pas poussé plus loin la puissance de pénétration des télescopes, c'est que cette puissance ne s'exerce qu'au détriment de leur clarté, et la Lune, qui n'est qu'un miroir réfléchissant, n'envoie pas une lumière assez intense pour qu'on puisse porter les grossissements au-delà de cette limite.

— Eh bien! que ferez-vous alors? demanda le général. Donnerez-vous à votre projectile un diamètre de soixante pieds?

— Non pas!

— Vous vous chargerez donc de rendre la Lune plus lumineuse?

— Parfaitement.

— Voilà qui est fort! s'écria J.-T. Maston.

— Oui, fort simple, répondit Barbicane. En effet, si je parviens à diminuer l'épaisseur de l'atmosphère que traverse la lumière de la Lune, n'aurais-je pas rendu cette lumière plus intense?

— Évidemment.

— Eh bien! pour obtenir ce résultat, il me suffira d'établir un télescope sur quelque montagne élevée. Ce que nous ferons.

— Je me rends, je me rends, répondit le major. Vous avez une façon de simplifier les choses!... Et quel grossissement espérez-vous obtenir ainsi?

— Un grossissement de quarante-huit mille fois, qui ramènera la Lune à cinq milles seulement, et, pour être visibles, les objets n'auront plus besoin d'avoir que neuf pieds de diamètre.

— Parfait! s'écria J.-T. Maston, notre projectile aura donc neuf pieds de diamètre?

— Précisément.

— Permettez-moi de vous dire, cependant, reprit le major Elphiston, qu'il sera encore d'un poids tel, que...

— Oh! major, répondit Barbicane, avant de discuter son poids, laissez-moi vous dire que nos pères faisaient des merveilles en ce genre. Loin de moi la pensée de prétendre que la balistique n'ait pas progressé, mais il est bon de savoir que, dès le Moyen Age, on obtenait des résultats surprenants, j'oserai ajouter, plus surprenants que les nôtres.

— Par exemple! répliqua Morgan.

— Justifiez vos paroles, s'écria vivement J.-T. Maston.

— Rien n'est plus facile, répondit Barbicane; j'ai des exemples à l'appui de ma proposition. Ainsi, au siège de Constantinople par Mahomet II, en 1453, on lança des boulets de pierre qui pesaient dix-neuf cents livres, et qui devaient être d'une belle taille.

— Oh! oh! fit le major, dix-neuf cents livres, c'est un gros chiffre!

— A Malte, au temps des chevaliers, un certain canon du fort Saint-Elme lançait des projectiles pesant deux mille cinq cents livres.

— Pas possible!

— Enfin, d'après un historien français, sous Louis XI, un mortier lançait une bombe de cinq cents livres seulement; mais cette bombe, partie de la Bastille, un endroit où les fous enfermaient les sages, allait tomber à Charenton, un endroit où les sages enferment les fous.

— Très bien! dit J.-T. Maston.

— Depuis, qu'avons-nous vu, en somme? Les canons Armstrong lancer des boulets de cinq cents livres, et les Columbiads Rodman des projectiles d'une demi-tonne! Il semble donc que, si les projectiles ont gagné en portée, ils ont perdu en pesanteur. Or, si nous tournons nos efforts de ce côté, nous devons arriver, avec le progrès de la science, à décupler le poids des boulets de Mahomet II, et des chevaliers de Malte.

— C'est évident, répondit le major, mais quel métal comptez-vous donc employer pour le projectile?

— De la fonte de fer, tout simplement, dit le général Morgan.

— Peuh! de la fonte! s'écria J.-T. Maston avec un profond dédain, c'est bien commun pour un boulet destiné à se rendre à la Lune.

— N'exagérons pas, mon honorable ami, répondit Morgan; la fonte suffira.

— Eh bien! alors, reprit le major Elphiston, puisque la pesanteur est proportionnelle à son volume, un boulet de fonte, mesurant neuf pieds de diamètre, sera encore d'un poids épouvantable!

— Oui, s'il est plein; non, s'il est creux, dit Barbicane.

— Creux ! ce sera donc un obus ?

— Où l'on pourra mettre des dépêches, répliqua J.-T. Maston, et des échantillons de nos productions terrestres !

— Oui, un obus, répondit Barbicane ; il le faut absolument ; un boulet plein de cent huit pouces pèserait plus de deux cent mille livres, poids évidemment trop considérable ; cependant, comme il faut conserver une certaine stabilité au projectile, je propose de lui donner un poids de cinq mille livres.

— Quelle sera donc l'épaisseur de ses parois ? demanda le major.

— Si nous suivons la proportion réglementaire, reprit Morgan, un diamètre de cent huit pouces exigera des parois de deux pieds au moins.

— Ce serait beaucoup trop, répondit Barbicane ; remarquez-le bien, il ne s'agit pas ici d'un boulet destiné à percer des plaques ; il suffira donc de lui donner des parois assez fortes pour résister à la pression des gaz de la poudre. Voici donc le problème : quelle épaisseur doit avoir un obus en fonte de fer pour ne peser que vingt mille livres ? Notre habile calculateur, le brave Maston, va nous l'apprendre séance tenante.

— Rien n'est plus facile », répliqua l'honorable secrétaire du Comité.

Et ce disant, il traça quelques formules algébriques sur le papier ; on vit apparaître sous la plume des π et des x élevés à la deuxième puissance. Il eut même l'air d'extraire, sans y toucher, une certaine racine cubique, et dit :

« Les parois auront à peine deux pouces d'épaisseur.

— Sera-ce suffisant ? demanda le major d'un air de doute.

— Non, répondit le président Barbicane, non, évidemment.

— Eh bien ! alors, que faire ? reprit Elphiston d'un air assez embarrassé.

— Employer un autre métal que la fonte.

— Du cuivre ? dit Morgan.

— Non, c'est encore trop lourd ; et j'ai mieux que cela à vous proposer.

— Quoi donc ? dit le major.

— De l'aluminium, répondit Barbicane.

— De l'aluminium ! s'écrièrent les trois collègues du président.

— Sans doute, mes amis. Vous savez qu'un illustre chimiste français, Henri Sainte-Claire Deville, est parvenu, en 1854, à obtenir l'aluminium en masse compacte. Or, ce précieux métal a la blancheur de l'argent, l'inaltérabilité de l'or, la ténacité du fer, la fusibilité du cuivre et la légèreté du verre ; il se travaille facilement, il est extrêmement répandu dans la nature, puisque l'alumine forme la base de la plupart des roches, il est trois fois plus léger que le fer, et il semble avoir été créé tout exprès pour nous fournir la matière de notre projectile !

— Hurrah pour l'aluminium ! s'écria le secrétaire du Comité, toujours très bruyant dans ses moments d'enthousiasme.

— Mais, mon cher président, dit le major, est-ce que le prix de revient de l'aluminium n'est pas extrêmement élevé ?

— Il l'était, répondit Barbicane; aux premiers temps de sa découverte, la livre d'aluminium coûtait deux cent soixante à deux cent quatre-vingts dollars (— environ 1 500 francs); puis elle est tombée à vingt-sept dollars (— 150 F), et aujourd'hui, enfin, elle vaut neuf dollars (— 48,75 F).

— Mais neuf dollars la livre, répliqua le major, qui ne se rendait pas facilement, c'est encore un prix énorme!

— Sans doute, mon cher major, mais non pas inabordable.

— Que pèsera donc le projectile? demanda Morgan.

— Voici ce qui résulte de mes calculs, répondit Barbicane; un boulet de cent huit pouces de diamètre et de douze pouces d'épaisseur pèserait, s'il était en fonte de fer, soixante-sept mille quatre cent quarante livres; en fonte d'aluminium, son poids sera réduit à dix-neuf mille deux cent cinquante livres.

— Parfait! s'écria Maston, voilà qui rentre dans notre programme.

— Parfait! parfait! répliqua le major, mais ne savez-vous pas qu'à dix-huit dollars la livre, ce projectile coûtera...

— Cent soixante-treize mille deux cent cinquante dollars (— 928 437,50 F), je le sais parfaitement; mais ne craignez rien, mes amis, l'argent ne fera pas défaut à notre entreprise, je vous en réponds.

— Il pleuvra dans nos caisses, répliqua J.-T. Maston.

— Eh bien! que pensez-vous de l'aluminium? demanda le président.

— Adopté, répondirent les trois membres du Comité.

— Quant à la forme du boulet, reprit Barbicane, elle importe peu, puisque, l'atmosphère une fois dépassée, le projectile se trouvera dans le vide; je propose donc le boulet rond, qui tournera sur lui-même, si cela lui plaît, et se comportera à sa fantaisie. »

Ainsi se termina la première séance du Comité; la question du projectile était définitivement résolue, et J.-T. Maston se réjouit fort de la pensée d'envoyer un boulet d'aluminium aux Sélénites, « ce qui leur donnerait une crâne idée des habitants de la Terre »!

VIII

HISTOIRE DU CANON

Les résolutions prises dans cette séance produisirent un grand effet au-dehors. Quelques gens timorés s'effrayaient un peu à l'idée d'un boulet, pesant vingt mille livres, lancé à travers l'espace. On se demandait quel canon pourrait jamais transmettre une vitesse initiale suffisante à une pareille masse. Le procès verbal de la seconde séance du Comité devait répondre victorieusement à ces questions.

Le lendemain soir, les quatre membres du Gun-Club s'attablaient devant de nouvelles montagnes de sandwiches et au bord d'un véritable océan de thé. La discussion reprit aussitôt son cours, et, cette fois, sans préambule.

« Mes chers collègues, dit Barbicane, nous allons nous occuper de l'engin à construire, de sa longueur, de sa forme, de sa composition et de son poids. Il est probable que nous arriverons à lui donner des dimensions gigantesques ; mais si grandes que soient les difficultés, notre génie industriel en aura facilement raison. Veuillez donc m'écouter, et ne m'épargnez pas les objections à bout portant. Je ne les crains pas ! »

Un grognement approbateur accueillit cette déclaration.

« N'oublions pas, reprit Barbicane, à quel point notre discussion nous a conduits hier ; le problème se présente maintenant sous cette forme ; imprimer une vitesse initiale de douze mille yards par seconde à un obus de cent huit pouces de diamètre et d'un poids de vingt mille livres.

— Voilà bien le problème, en effet, répondit le major Elphiston.

— Je continue, reprit Barbicane. Quand un projectile est lancé dans l'espace, que se passe-t-il ? Il est sollicité par trois forces indépendantes, la résistance du milieu, l'attraction de la Terre et la force d'impulsion dont il est animé. Examinons ces trois forces. La résistance du milieu, c'est-à-dire la résistance

de l'air, sera peu importante. En effet, l'atmosphère terrestre n'a que quarante milles
(— 16 lieues environs). Or, avec une rapidité
de douze mille yards, le projectile l'aura traversée en cinq secondes, et ce temps est assez
court pour que la résistance du milieu soit
regardée comme insignifiante. Passons alors
à l'attraction de la Terre, c'est-à-dire à la
pesanteur de l'obus. Nous savons que cette
pesanteur diminuera en raison inverse du
carré des distances ; en effet, voici ce que la
physique nous apprend : quand un corps
abandonné à lui-même tombe à la surface de
la Terre, sa chute est de quinze pieds dans la
première seconde, et si ce même corps était
transporté à deux cent cinquante-sept mille
cent quarante-deux milles, autrement dit, à la
distance où se trouve la Lune, sa chute serait
réduite à une demi-ligne environ dans la première seconde. C'est presque l'immobilité. Il
s'agit donc de vaincre progressivement cette
action de la pesanteur. Comment y parvien-
drons-nous ? Par la force d'impulsion.

— Voilà la difficulté, répondit le major.

— La voilà, en effet, reprit le président,
mais nous en triompherons, car cette force
d'impulsion qui nous est nécessaire résultera
de la longueur de l'engin et de la quantité de
poudre employée, celle-ci n'étant limitée que
par la résistance de celui-là. Occupons-nous
donc aujourd'hui des dimensions à donner au
canon. Il est bien entendu que nous pouvons
l'établir dans des conditions de résistance
pour ainsi dire infinie, puisqu'il n'est pas destiné à être manœuvré.

— Tout ceci est évident, répondit le général.

— Jusqu'ici, dit Barbicane, les canons les plus longs, nos énormes Columbiads, n'ont pas dépassé vingt-cinq pieds en longueur ; nous allons donc étonner bien des gens par les dimensions que nous serons forcés d'adopter.

— Eh ! sans doute, s'écria J.-T. Maston. Pour mon compte, je demande un canon d'un demi-mille au moins !

— Un demi-mille ! s'écrièrent le major et le général.

— Oui ! un demi-mille, et il sera encore trop court de moitié.

— Allons, Maston, répondit Morgan, vous exagérez.

— Non pas ! répliqua le bouillant secrétaire, et je ne sais vraiment pourquoi vous me taxez d'exagération.

— Parce que vous allez trop loin !

— Sachez, monsieur, répondit J.-T. Maston en prenant ses grands airs, sachez qu'un artilleur est comme un boulet, il ne peut jamais aller trop loin ! »

La discussion tournait aux personnalités, mais le président intervint.

« Du calme, mes amis, et raisonnons ; il faut évidemment un canon d'une grande volée, puisque la longueur de la pièce accroîtra la détente des gaz accumulés sous le projectile, mais il est inutile de dépasser certaines limites.

— Parfaitement, dit le major.

— Quelles sont les règles usitées en pareil cas ? Ordinairement la longueur d'un canon est vingt à vingt-cinq fois le diamètre du boulet, et il pèse deux cent trente-cinq à deux cent quarante fois son poids.

— Ce n'est pas assez, s'écria J.-T. Maston avec impétuosité.

— J'en conviens, mon digne ami, et, en effet, en suivant cette proportion, pour un projectile large de neuf pieds pesant vingt mille livres, l'engin n'aurait qu'une longueur de deux cent vingt-cinq pieds et un poids de sept millions deux cent mille livres.

— C'est ridicule, répartit J.-T. Maston. Autant prendre un pistolet !

— Je le pense aussi, répondit Barbicane, c'est pourquoi je me propose de quadrupler cette longueur et de construire un canon de neuf cents pieds. »

Le général et le major firent quelques objections ; mais néanmoins cette proposition, vivement soutenue par le secrétaire du Gun-Club, fut définitivement adoptée.

« Maintenant, dit Elphiston, quelle épaisseur donner à ses parois.

— Une épaisseur de six pieds, répondit Barbicane.

— Vous ne pensez sans doute pas à dresser une pareille masse sur un affût ? demanda le major.

— Ce serait pourtant superbe ! dit J.-T. Maston.

— Mais impraticable, répondit Barbicane. Non, je songe à couler cet engin dans le sol même, à le fretter avec des cercles de fer forgé, et enfin à l'entourer d'un épais massif de maçonnerie à pierre et à chaux, de telle façon qu'il participe de toute la résistance du terrain environnant. Une fois la pièce fondue, l'âme sera soigneusement alésée et calibrée, de manière à empêcher le vent du boulet; ainsi il n'y aura aucune déperdition de gaz, et toute la force expansive de la poudre sera employée à l'impulsion.

— Hurrah! hurrah! fit J.-T. Maston, nous tenons notre canon.

— Pas encore! répondit Barbicane en calmant de la main son impatient ami.

— Et pourquoi?

— Parce que nous n'avons pas discuté sa forme. Sera-ce un canon, un obusier ou un mortier?

— Un canon, répliqua Morgan.

— Un obusier, repartit le major.

— Un mortier! » s'écria J.-T. Maston.

Une nouvelle discussion assez vive allait s'engager, chacun préconisant son arme favorite, lorsque le président l'arrêta net.

« Mes amis, dit-il, je vais vous mettre tous d'accord; notre Columbiad tiendra de ces trois bouches à feu à la fois. Ce sera un canon, puisque la chambre de la poudre aura le même diamètre que l'âme. Ce sera un obusier, puisqu'il lancera un obus. Enfin, ce sera un mortier, puisqu'il sera braqué sous un angle de quatre-vingt-dix degrés, et que, sans recul possible, inébranlablement fixé au sol, il communiquera au projectile toute la puissance d'impulsion accumulée dans ses flancs.

— Adopté, adopté, répondirent les membres du Comité.

— Une simple réflexion, dit Elphiston, ce can-obuso-mortier sera-t-il rayé ?

— Non, répondit Barbicane, non ; il nous faut une vitesse initiale énorme, et vous savez bien que le boulet sort moins rapidement des canons rayés que des canons à âme lisse.

— C'est juste.

— Enfin, nous le tenons, cette fois ! répéta J.-T. Maston.

— Pas tout à fait encore, répliqua le président.

— Et pourquoi ?

— Parce que nous ne savons pas encore de quel métal il sera fait.

— Décidons-le sans retard.

— J'allais vous le proposer. »

Les quatre membres du Comité avalèrent chacun une douzaine de sandwiches suivis d'un bol de thé, et la discussion recommença.

« Mes braves collègues, dit Barbicane, notre canon doit être d'une grande ténacité, d'une grande dureté, infusible à la chaleur, indissoluble et inoxydable à l'action corrosive des acides.

— Il n'y a pas de doute à cet égard, répondit le major, et comme il faudra employer une quantité considérable de métal, nous n'aurons pas l'embarras du choix.

— Eh bien ! alors, dit Morgan, je propose pour la fabrication de la Columbiad le meilleur alliage connu jusqu'ici, c'est-à-dire cent parties de cuivre, douze parties d'étain et six parties de laiton.

— Mes amis, répondit le président, j'avoue que cette composition a donné des résultats excellents ; mais, dans l'espèce, elle coûterait trop cher et serait d'un emploi fort difficile. Je pense donc qu'il faut adopter une matière excellente, mais à bas prix, telle que la fonte de fer. N'est-ce pas votre avis, major ?

— Parfaitement, répondit Elphiston.

— En effet, reprit Barbicane, la fonte de fer coûte dix fois moins que le bronze ; elle est facile à fondre, elle se coule simplement dans des moules de sable, elle est d'une manipulation rapide ; c'est donc à la fois économie d'argent et de temps. D'ailleurs, cette matière est excellente, et je me rappelle que pendant la guerre, au siège d'Atlanta, des pièces en fonte ont tiré mille coups chacune de vingt minutes en vingt minutes, sans en avoir souffert.

— Cependant, la fonte est très cassante, répondit Morgan.

— Oui, mais très résistante aussi ; d'ailleurs, nous n'éclaterons pas, je vous en réponds.

— On peut éclater et être honnête, répliqua sentencieusement J.-T. Maston.

— Évidemment, répondit Barbicane. Je vais donc prier notre digne secrétaire de calculer le poids d'un canon de fonte long de neuf cents pieds, d'un diamètre intérieur de neuf pieds, avec parois de six pieds d'épaisseur.

— A l'instant », répondit J.-T. Maston. Et, ainsi qu'il avait fait la veille, il aligna ses formules avec une merveilleuse facilité, et dit au bout d'une minute :

« Ce canon pèsera soixante-huit mille quarante tonnes (— 68 040 000 kg).

— Et à deux *cents* la livre (— 10 centimes), il coûtera ?...

— Deux millions cinq cent dix mille sept cent un dollars (— 13 608 000 francs). »

J.-T. Maston, le major et le général regardèrent Barbicane d'un air inquiet.

« Eh bien ! messieurs, dit le président, je vous répéterai ce que je vous disais hier, soyez tranquilles, les millions ne nous manqueront pas ! »

Sur cette assurance de son président, le Comité se sépara, après avoir remis au lendemain soir sa troisième séance.

IX

LA QUESTION DES POUDRES

Restait à traiter la question des poudres. Le public attendait avec anxiété cette dernière décision. La grosseur du projectile, la longueur du canon étant données, quelle serait la quantité de poudre nécessaire pour produire l'impulsion ? Cet agent terrible, dont l'homme a cependant maîtrisé les effets, allait être appelé à jouer son rôle dans des proportions inaccoutumées.

On sait généralement et l'on répète volontiers que la poudre fut inventée au XIVᵉ siècle, par le moine Schwartz, qui paya de sa vie sa grande découverte. Mais il est à peu près prouvé maintenant que cette histoire doit être rangée parmi les légendes du Moyen Age. La poudre n'a été inventée par personne; elle dérive directement des feux grégeois, composés comme elle de soufre et de salpêtre. Seulement, depuis cette époque, ces mélanges, qui n'étaient que des mélanges fusants, se sont transformés en mélanges détonants.

Mais si les érudits savent parfaitement la fausse histoire de la poudre, peu de gens se rendent compte de sa puissance mécanique. Or, c'est ce qu'il faut connaître pour comprendre l'importance de la question soumise au Comité.

Ainsi un litre de poudre pèse environ deux livres (— 900 grammes); il produit en s'enflammant quatre cents litres de gaz, ces gaz rendus libres, et sous l'action d'une température portée à deux mille quatre cents degrés, occupent l'espace de quatre mille litres. Donc le volume de la poudre est aux volumes des gaz produits par sa déflagration comme un est à quatre mille. Que l'on juge alors de l'effrayante poussée de ces gaz lorsqu'ils sont comprimés dans un espace quatre mille fois trop resserré.

Voilà ce que savaient parfaitement les membres du Comité quand le lendemain ils entrèrent en séance. Barbicane donna la parole au major Elphiston, qui avait été directeur des poudres pendant la guerre.

« Mes chers camarades, dit ce chimiste distingué, je vais commencer par des chiffres irrécusables qui nous serviront de base. Le boulet de vingt-quatre dont nous parlait avant-hier l'honorable J.-T. Maston en termes si poétiques, n'est chassé de la bouche à feu que par seize livres de poudre seulement.

— Vous êtes certain du chiffre? demanda Barbicane.

— Absolument certain, répondit le major. Le canon Armstrong n'emploi que soixante-quinze livres de poudre pour un projectile de huit cents livres, et la Columbiad Rodman ne dépense que cent soixante livres de poudre pour envoyer à six milles son boulet d'une demi-tonne. Ces faits ne peuvent être mis en doute, car je les ai relevés moi-même dans les procès-verbaux du Comité d'artillerie.

— Parfaitement, répondit le général.

— Eh bien! reprit le major, voici la conséquence à tirer de ces chiffres, c'est que la quantité de poudre n'augmente pas avec le poids du boulet : en effet, s'il fallait seize livres de poudre pour un boulet de vingt-quatre; en d'autres termes, si, dans les canons ordinaires, on emploie une quantité de poudre pesant les deux tiers du poids du projectile, cette proportionnalité n'est pas constante. Calculez, et vous verrez que, pour le boulet d'une demi-tonne, au lieu de trois cent trente-trois livres de poudre, cette quantité a été réduite à cent soixante livres seulement.

— Où voulez-vous en venir? demanda le président.

— Si vous poussez votre théorie à l'extrême, mon cher major, dit J.-T. Maston, vous arriverez à ceci, que, lorsque votre boulet sera suffisamment lourd, vous ne mettrez plus de poudre du tout.

— Mon ami Maston est folâtre jusque dans les choses sérieuses, répliqua le major, mais qu'il se rassure ; je proposerai bientôt des quantités de poudre qui satisferont son amour-propre d'artilleur. Seulement je tiens à constater que, pendant la guerre, et pour les plus gros canons, le poids de la poudre a été réduit, après expérience, au dixième du poids du boulet.

— Rien n'est plus exact, dit Morgan. Mais avant de décider la quantité de poudre nécessaire pour donner l'impulsion, je pense qu'il est bon de s'entendre sur sa nature.

— Nous emploierons de la poudre à gros grains, répondit le major ; sa déflagration est plus rapide que celle du pulvérin.

— Sans doute, répliqua Morgan, mais elle est très brisante et finit par altérer l'âme des pièces.

— Bon ! ce qui est un inconvénient pour un canon destiné à faire un long service n'en est pas un pour notre Columbiad. Nous ne courons aucun danger d'explosion, il faut que la poudre s'enflamme instantanément, afin que son effet mécanique soit complet.

— On pourrait, dit J.-T. Maston, percer plusieurs lumières, de façon à mettre le feu sur divers points à la fois.

— Sans doute, répondit Elphiston, mais

cela rendrait la manœuvre plus difficile. J'en reviens donc à ma poudre à gros grains, qui supprime ces difficultés.

— Soit, répondit le général.

— Pour charger sa Columbiad, reprit le major, Rodman employait une poudre à grains gros comme des châtaignes, faite avec du charbon de saule simplement torréfié dans des chaudières de fonte. Cette poudre était dure et luisante, ne laissait aucune trace sur la main, renfermait dans une grande proportion de l'hydrogène et de l'oxygène, déflagrait instantanément, et, quoique très brisante, ne détériorait pas sensiblement les bouches à feu.

— Eh bien ! il me semble, répondit J.-T. Maston, que nous n'avons pas à hésiter, et que notre choix est tout fait.

— A moins que vous ne préfériez de la poudre d'or », répliqua le major en riant, ce qui lui valut un geste menaçant du crochet de son susceptible ami.

Jusqu'alors Barbicane s'était tenu en dehors de la discussion. Il laissait parler, il écoutait. Il avait évidemment une idée. Aussi se contenta-t-il simplement de dire :

« Maintenant, mes amis, quelle quantité de poudre proposez-vous ? »

Les trois membres du Gun-Club s'entre-regardèrent un instant.

« Deux cent mille livres, dit enfin Morgan.

— Cinq cent mille, répliqua le major.

— Huit cent mille livres ! » s'écria J.-T. Maston.

Cette fois, Elphiston n'osa pas taxer son collègue d'exagération. En effet, il s'agissait d'envoyer jusqu'à la Lune un projectile pesant vingt mille livres et de lui donner une force initiale de douze mille yards par seconde. Un moment de silence suivit donc la triple proposition faite par les trois collègues.

Il fut enfin rompu par le président Barbicane.

« Mes braves camarades, dit-il d'une voix tranquille, je pars de ce principe que la résistance de notre canon construit dans des conditions voulues est illimitée. Je vais donc surprendre l'honorable J.-T. Maston en lui disant qu'il a été timide dans ses calculs, et je proposerai de doubler ses huit cent mille livres de poudre.

— Seize cent mille livres ? fit J.-T. Maston en sautant sur sa chaise.

— Tout autant.

— Mais alors il faudra en revenir à mon canon d'un demi-mille de longueur.

— C'est évident, dit le major.

— Seize cent mille livres de poudre, reprit le secrétaire du Comité, occuperont un espace de vingt-deux mille pieds cubes environ ; or, comme votre canon n'a qu'une contenance de cinquante-quatre mille pieds cubes, il sera à moitié rempli, et l'âme ne sera plus assez longue pour que la détente des gaz imprime au projectile une suffisante impulsion. »

Il n'y avait rien à répondre. J.-T. Maston disait vrai. On regarda Barbicane.

« Cependant, reprit le président, je tiens à

cette quantité de poudre. Songez-y, seize cent mille livres de poudre donneront naissance à six milliards de litres de gaz. Six milliards! Vous entendez bien?

— Mais alors comment faire? demanda le général.

— C'est très simple; il faut réduire cette énorme quantité de poudre, tout en lui conservant cette puissance mécanique.

— Bon! mais par quel moyen?

— Je vais vous le dire », répondit simplement Barbicane.

Ses interlocuteurs le dévorèrent des yeux.

« Rien n'est plus facile, en effet, reprit-il, que de ramener cette masse de poudre à un volume quatre fois moins considérable. Vous connaissez tous cette matière curieuse qui constitue les tissus élémentaires des végétaux, et qu'on nomme cellulose.

— Ah! fit le major, je vous comprends, mon cher Barbicane.

— Cette matière, dit le président, s'obtient à l'état de pureté parfaite dans divers corps, et surtout dans le coton, qui n'est autre chose que le poil des graines du cotonnier. Or, le coton, combiné avec l'acide azotique à froid, se transforme en une substance éminemment insoluble, éminemment combustible, éminemment explosive. Il y a quelques années, en 1832, un chimiste français, Braconnot, découvrit cette substance, qu'il appela xyloïdine. En 1838, un autre Français, Pelouze, en étudia les diverses propriétés, et enfin, en 1846, Shonbein, professeur de chimie à Bâle, la proposa comme poudre de guerre. Cette poudre, c'est le coton azotique...

— Ou pyroxyle, répondit Elphiston.

— Ou fulmi-coton, répliqua Morgan.

— Il n'y a donc pas un nom d'Américain à mettre au bas de cette découverte? s'écria J.-T. Maston, poussé par un vif sentiment d'amour-propre national.

— Pas un, malheureusement, répondit le major.

— Cependant, pour satisfaire Maston, reprit le président, je lui dirai que les travaux d'un de nos concitoyens peuvent être rattachés à l'étude de la cellulose, car le collodion, qui est un des principaux agents de la photographie, est tout simplement du pyroxyle dissous dans l'éther additionné d'alcool, et il a été découvert par Maynard, alors étudiant en médecine à Boston.

— Eh bien! hurrah pour Maynard et pour le fulmi-coton! s'écria le bruyant secrétaire du Gun-Club.

— Je reviens au pyroxyle, reprit Barbicane. Vous connaissez ses propriétés, qui vont nous le rendre si précieux; il se prépare avec la plus grande facilité; du coton plongé dans de l'acide azotique fumant, pendant quinze minutes, puis lavé à grande eau, puis séché, et voilà tout.

— Rien de plus simple, en effet, dit Morgan.

— De plus, le pyroxyle est inaltérable à l'humidité, qualité précieuse à nos yeux, puisqu'il faudra plusieurs jours pour charger le canon; son inflammabilité a lieu à cent soixante-dix degrés au lieu de deux cent quarante, et sa déflagration est si subite, qu'on peu l'enflammer sur de la poudre ordinaire, sans que celle-ci ait le temps de prendre feu.

— Parfait, répondit le major.

— Seulement il est plus coûteux.

— Qu'importe? fit J.-T. Maston.

— Enfin il communique aux projectiles une vitesse quatre fois supérieure à celle de la poudre. J'ajouterai même que, si l'on y mêle les huit dixièmes de son poids de nitrate de potasse, sa puissance expansive est encore augmentée dans une grande proportion.

— Sera-ce nécessaire? demanda le major.

— Je ne le pense pas, répondit Barbicane. Ainsi donc, au lieu de seize cent mille livres de poudre, nous n'aurons que quatre cent mille livres de fulmi-coton, et comme on peut sans danger comprimer cinq cents livres de coton dans vingt-sept pieds cubes, cette matière n'occupera qu'une hauteur de trente toises dans la Columbiad. De cette façon, le boulet aura plus de sept cents pieds d'âme à parcourir sous l'effort de six milliards de litres de gaz, avant de prendre son vol vers l'astre des nuits! »

A cette période, J.-T. Maston ne put contenir son émotion; il se jeta dans les bras de son ami avec la violence d'un projectile, et il l'aurait défoncé, si Barbicane n'eût été bâti à l'épreuve de la bombe.

Cet incident termina la troisième séance du Comité. Barbicane et ses audacieux collègues, auxquels rien ne semblait impossible, venaient de résoudre la question si complexe du projectile, du canon et des poudres. Leur plan étant fait, il n'y avait qu'à l'exécuter.

« Un simple détail, une bagatelle », disait J.-T. Maston.

X

UN ENNEMI SUR VINGT-CINQ MILLIONS D'AMIS

Le public américain trouvait un puissant intérêt dans les moindres détails de l'entreprise du Gun-Club. Il suivait jour par jour les discussions du Comité. Les plus simples préparatifs de cette grande expérience, les questions de chiffres qu'elle soulevait, les difficultés mécaniques à résoudre, en un mot, « sa mise en train », voilà ce qui le passionnait au plus haut degré.

Plus d'un an allait s'écouler entre le commencement des travaux et leur achèvement; mais ce laps de temps ne devait pas être vide d'émotions; l'emplacement à choisir pour le forage, la construction du moule, la fonte de la Columbiad, on chargement très périlleux, c'était là plus qu'il ne fallait pour exciter la curiosité publique. Le projectile, une fois lancé, échapperait aux regards en quelques dixièmes de seconde; puis, ce qu'il deviendrait, comme il se comporterait dans l'espace, de quelle façon il atteindrait la Lune, c'est ce qu'un petit nombre de privilégiés verraient seuls de leurs propres yeux. Ainsi donc, les préparatifs de l'expérience, les détails précis de l'exécution en constituaient alors le véritable intérêt.

Cependant, l'attrait purement scientifique de l'entreprise fut tout d'un coup surexcité par un incident.

On sait quelles nombreuses légions d'admirateurs et d'amis le projet Barbicane avait ralliées à son auteur. Pourtant, si honorable, si extraordinaire qu'elle fût, cette majorité ne devait pas être l'unanimité. Un seul homme, un seul dans tous les États de l'Union, protesta contre la tentative du Gun-Club ; il l'attaqua avec violence, à chaque occasion ; et la nature est ainsi faite, que Barbicane fut plus sensible à cette opposition d'un seul qu'aux applaudissements de tous les autres.

Cependant, il savait bien le motif de cette antipathie, d'où venait cette inimitié solitaire, pourquoi elle était personnelle et d'ancienne date, enfin dans quelle rivalité d'amour-propre elle avait pris naissance.

Cet ennemi persévérant, le président du Gun-Club ne l'avait jamais vu. Heureusement, car la rencontre de ces deux hommes eût certainement entraîné de fâcheuses conséquences. Ce rival était un savant comme Barbicane, une nature fière, audacieuse, convaincue, violente, un pur Yankee. On le nommait le capitaine Nicholl. Il habitait Philadelphie.

Personne n'ignore la lutte curieuse qui s'établit pendant la guerre fédérale entre le projectile et la cuirasse des navires blindés ; celui-là destiné à percer celle-ci ; celle-ci décidée à ne point se laisser percer. De là une transformation radicale de la marine dans les États des deux continents. Le boulet et la plaque luttèrent avec un acharnement sans exemple, l'un grossissant, l'autre s'épaississant dans une proportion constante. Les navires, armés de pièces formidables, marchaient au feu sous l'abri de leur invulnérable carapace. Les *Merrimac*, les *Monitor*, les *Ram-Tenesse*, les *Weckausen* lançaient des projectiles énormes, après s'être cuirassés contre les projectiles des autres. Ils faisaient à autrui ce qu'ils ne voulaient pas qu'on leur fît, principe immoral sur lequel repose tout l'art de la guerre.

Or, si Barbicane fut un grand fondeur de projectiles, Nicholl fut un grand forgeur de plaques. L'un fondait nuit et jour à Baltimore, et l'autre forgeait jour et nuit à Philadelphie. Chacun suivait un courant d'idées essentiellement opposé.

Aussitôt que Barbicane inventait un nouveau boulet, Nicholl inventait une nouvelle plaque. Le président du Gun-Club passait sa vie à percer des trous, le capitaine à l'en empêcher. De là une rivalité de tous les instants qui allait jusqu'aux personnes. Nicholl apparaissait dans les rêves de Barbicane sous la forme d'une cuirasse impénétrable contre laquelle il venait se briser, et Barbicane, dans les songes de Nicholl, comme un projectile qui le perçait de part en part.

Cependant, bien qu'ils suivissent deux lignes divergentes, ces savants auraient fini par se rencontrer, en dépit de tous les axiomes de géométrie ; mais alors c'eût été sur le terrain du duel. Fort heureusement pour ces citoyens si utiles à leur pays, une distance de cinquante à soixante milles les séparait l'un de l'autre, et leurs amis hérissèrent la route de tels obstacles qu'ils ne se rencontrèrent jamais.

Maintenant, lequel des deux inventeurs l'avait emporté sur l'autre, on ne savait trop ; les résultats obtenus rendaient difficile une juste appréciation. Il semblait cependant, en fin de compte, que la cuirasse devait finir par céder au boulet.

Néanmoins, il y avait doute pour les hommes compétents. Aux dernières expériences, les projectiles cylindro-coniques de Barbicane vinrent se ficher comme des épingles sur les plaques de Nicholl ; ce jour-là, le forgeur de Philadelphie se crut victorieux et n'eut plus assez de mépris pour son rival ; mais quand celui-ci substitua plus tard aux boulets coniques de simples obus de six cents livres, le capitaine dut en rabattre. En effet ces projectiles, quoique animés d'une vitesse médiocre, brisèrent, trouèrent, firent voler en morceaux les plaques du meilleur métal.

Or, les choses en étaient à ce point, la victoire semblait devoir rester au boulet, quand la guerre finit le jour même où Nicholl terminait une nouvelle cuirasse d'acier forgé! C'était un chef-d'œuvre dans son genre; elle défiait tous les projectiles du monde. Le capitaine la fit transporter au polygone de Washington, en provoquant le président du Gun-Club à la briser. Barbicane, la paix étant faite, ne voulut pas tenter l'expérience.

Alors Nicholl, furieux, offrit d'exposer sa plaque au choc des boulets les plus invraisemblables, pleins, creux, ronds ou coniques. Refus du président qui, décidément, ne voulait pas compromettre son dernier succès.

Nicholl, surexcité par cet entêtement inqualifiable, voulut tenter Barbicane en lui laissant toutes les chances. Il proposa de mettre sa plaque à deux cents yards du canon. Barbicane de s'obstiner dans son refus. A cent yards? Pas même à soixante-quinze.

« A cinquante alors, s'écria le capitaine par la voix des journaux, à vingt-cinq yards ma plaque, et je me mettrai derrière! »

Barbicane fit répondre que, quand même le capitaine Nicholl se mettrait devant, il ne tirerait pas davantage.

Nicholl, à cette réplique, ne se contint plus; il en vint aux personnalités; il insinua que la poltronnerie était indivisible; que l'homme qui refuse de tirer un coup de canon est bien près d'en avoir peur; qu'en somme, ces artilleurs qui se battent maintenant à six milles de distance ont prudemment remplacé le courage individuel par les formules mathématiques, et qu'au surplus il y a autant de bravoure à attendre tranquillement un boulet derrière une plaque, qu'à l'envoyer dans toutes les règles de l'art.

A ces insinuations Barbicane ne répondit rien ; peut-être même ne les connut-il pas, car alors les calculs de sa grande entreprise l'absorbaient entièrement.

Lorsqu'il fit sa fameuse communication au Gun-Club, la colère du capitaine Nicholl fut portée à son paroxysme. Il s'y mêlait une suprême jalousie et un sentiment absolu d'impuissance ! Comment inventer quelque chose de mieux que cette Columbiad de neuf cents pieds ! Quelle cuirasse résisterait jamais à un projectile de vingt mille livres ! Nicholl demeura d'abord atterré, anéanti, brisé sous ce « coup de canon » puis il se releva, et résolut d'écraser la proposition du poids de ses arguments.

Il attaqua donc très violemment les travaux du Gun-Club ; il publia nombre de lettres que les journaux ne se refusèrent pas à reproduire. Il essaya de démolir scientifiquement l'œuvre de Barbicane. Une fois la guerre entamée, il appela à son aide des raisons de tout ordre, et, à vrai dire, trop souvent spécieuses et de mauvais aloi.

D'abord, Barbicane fut très violemment attaqué dans ses chiffres ; Nicholl chercha à prouver par A + B la fausseté de ses formules, et il l'accusa d'ignorer les principes rudimentaires de la balistique. Entre autres erreurs, et suivant ses calculs à lui, Nicholl, il était absolument impossible d'imprimer à un corps quelconque une vitesse de douze mille yards par seconde; il soutint, l'algèbre à la main, que, même avec cette vitesse, jamais un projectile aussi pesant ne franchirait les limites de l'atmosphère terrestre! Il n'irait seulement pas à huit lieues! Mieux encore. En regardant la vitesse comme acquise, en la tenant pour suffisante, l'obus ne résisterait pas à la pression des gaz développés par l'inflammation de seize cents mille livres de poudre, et résistât-il à cette pression, du moins il ne supporterait pas une pareille température, il fondrait à sa sortie de la Columbiad et retomberait en pluie bouillante sur le crâne des imprudents spectateurs.

Barbicane, à ces attaques, ne sourcilla pas et continua son œuvre.

Alors Nicholl prit la question sous d'autres faces; sans parler de son inutilité à tous les points de vue, il regarda l'expérience comme fort dangereuse, et pour les citoyens qui autoriseraient de leur présence un aussi condamnable spectacle, et pour les villes voisines de ce déplorable canon; il fit également remarquer que si le projectile n'atteignait pas son but, résultat absolument impossible, il retomberait évidemment sur la Terre, et que la chute d'une pareille masse, multipliée par le carré de sa vitesse, compromettrait singulièrement quelque point du globe. Donc, en pareille circonstance, et sans porter atteinte aux droits de citoyens libres, il était des cas où l'intervention du gouvernement devenait nécessaire, et il ne fallait pas engager la sûreté de tous pour le bon plaisir d'un seul.

On voit à quelle exagération se laissait entraîner le capitaine Nicholl. Il était seul de son opinion. Aussi personne ne tint compte de ses malencontreuses prophéties. On le laissa donc crier à son aise, et jusqu'à s'époumoner, puisque cela lui convenait. Il se faisait le défenseur d'une cause perdue d'avance ; on l'entendait, mais on ne l'écoutait pas, et il n'enleva pas un seul admirateur au président du Gun-Club. Celui-ci, d'ailleurs, ne prit même pas la peine de rétorquer les arguments de son rival.

Nicholl, acculé dans ses derniers retranchements, et ne pouvant même pas payer de sa personne dans sa cause, résolut de payer de son argent. Il proposa donc publiquement dans l'*Enquirer* de Richmond une série de paris conçus en ces termes et suivant une proportion croissante.

Il paria :

1° Que les fonds nécessaires à l'entreprise du Gun-Club ne seraient pas faits, ci . . . . 1 000 dollars

2° Que l'opération de la fonte d'un canon de neuf cents pieds était impraticable et ne réussirait pas, ci . . . . 2 000 —

3° Qu'il serait impossible de charger la Columbiad, et que le pyroxyle prendrait feu de lui-même sous la pression du projectile, ci . . . . 3 000 —

4° Que la Columbiad éclate-
rait au premier coup, ci . . . .   4 000   —
5° Que le boulet n'irait pas
seulement à six milles et retomberait quelques secondes après
avoir été lancé, si . . . .   5 000   —

On le voit c'était une somme importante
que risquait le capitaine dans son invincible
entêtement. Il ne s'agissait pas moins de
quinze mille dollars.

Malgré l'importance du pari, le 19 mai, il
reçut un pli cacheté, d'un laconisme superbe
et conçu en ces termes :

Baltimore, 18 octobre.

Tenu.

BARBICANE.

XI

FLORIDE ET TEXAS

Cependant, une question restait encore à
décider : il fallait choisir un endroit favorable
à l'expérience. Suivant la recommandation de
l'Observatoire de Cambridge, le tir devait être
dirigé perpendiculairement au plan de l'horizon, c'est-à-dire vers le zénith ; or, la Lune ne
monte au zénith que dans les lieux situés
entre 0° et 28° de latitude, en d'autres termes,

sa déclinaison n'est que de 28°. Il s'agissait donc de déterminer exactement le point du globe où serait fondue l'immense Columbiad.

Le 20 octobre, le Gun-Club étant réuni en séance générale, Barbicane apporta une magnifique carte des États-Unis de Z. Belltropp. Mais, sans lui laisser le temps de la déployer, J.-T. Maston avait demandé la parole avec sa véhémence habituelle, et parlé en ces termes :

« Honorables collègues, la question qui va se traiter aujourd'hui a une véritable importance nationale, et elle va nous fournir l'occasion de faire un grand acte de patriotisme. »

Les membres du Gun-Club se regardèrent sans comprendre où l'orateur voulait en venir.

« Aucun de vous, reprit-il, n'a la pensée de transiger avec la gloire de son pays, et s'il est un droit que l'Union puisse revendiquer, c'est celui de receler dans ses flancs le formidable canon du Gun-Club. Or, dans les circonstances actuelles...

— Brave Maston... dit le président.

— Permettez-moi de développer ma pensée, reprit l'orateur. Dans les circonstances actuelles, nous sommes forcés de choisir un lieu assez rapproché de l'équateur, pour que l'expérience se fasse dans de bonnes conditions...

— Si vous voulez bien... dit Barbicane.

— Je demande la libre discussion des idées, répliqua le bouillant J.-T. Maston, et je soutiens que le territoire duquel s'élancera notre glorieux projectile doit appartenir à l'Union.

— Sans doute! répondirent quelques membres.

— Eh bien! puisque nos frontières ne sont pas assez étendues, puisque au sud l'Océan nous oppose une barrière infranchissable, puisqu'il nous faut chercher au-delà des États-Unis et dans un pays limitrophe ce vingt-huitième parallèle, c'est là un *casus belli* légitime, et je demande que l'on déclare la guerre au Mexique!

— Mais non! mais non! s'écria-t-on de toutes parts.

— Non! répliqua J.-T. Maston. Voilà un mot que je m'étonne d'entendre dans cette enceinte!

— Mais écoutez donc!...

— Jamais! jamais! s'écria le fougueux orateur. Tôt ou tard cette guerre se fera, et je demande qu'elle éclate aujourd'hui même.

— Maston, dit Barbicane en faisant détonner son timbre avec fracas, je vous retire la parole! »

Maston voulut répliquer, mais quelques-uns de ses collègues parvinrent à le contenir.

« Je conviens, dit Barbicane, que l'expérience ne peut et ne doit être tentée que sur le sol de l'Union, mais si mon impatient ami m'eût laissé parler, s'il eût jeté les yeux sur une carte, il saurait qu'il est parfaitement inutile de déclarer la guerre à nos voisins, car certaines frontières des États-Unis s'étendent au-delà du vingt-huitième parallèle. Voyez, nous avons à notre disposition toute la partie méridionale du Texas et des Florides. »

L'incident n'eut pas de suite; cependant, ce ne fut pas sans regret que J.-T. Maston se laissa convaincre. Il fut donc décidé que la Columbiad serait coulée, soit dans le sol du Texas, soit dans celui de la Floride. Mais cette décision devait créer une rivalité sans exemple entre les villes de ces deux États.

Le vingt-huitième parallèle, à sa rencontre avec la côte américaine, traverse la péninsule de la Floride et la divise en deux parties à peu près égales. Puis, se jetant dans le golfe du Mexique, il sous-tend l'arc formé par les côtes de l'Alabama, du Mississippi et de la Louisiane. Alors, abordant le Texas, dont il coupe un angle, il se prolonge à travers le Mexique, franchit la Sonora, enjambe la vieille Californie et va se perdre dans les mers du Pacifique. Il n'y avait donc que les portions du Texas et de la Floride, situées au-dessous de ce parallèle, qui fussent dans les conditions de latitude recommandées par l'Observatoire de Cambridge.

La Floride, dans sa partie méridionale, ne compte pas de cités importantes. Elle est seulement hérissée de forts élevés contre les Indiens errants. Une seule ville, Tampa-Town, pouvait réclamer en faveur de sa situation et se présenter avec ses droits.

Au Texas, au contraire, les villes sont plus nombreuses et plus importantes, Corpus-Christi, dans le county de Nueces, et toutes les cités situées sur le Rio-Bravo, Laredo, Comalites, San-Ignacio, dans le Web, Roma, Rio-Grande-City, dans le Starr, Edinburg, dans l'Hidalgo, Santa-Rita, el Panda, Browns-ville, dans le Caméron, formèrent une ligue imposante contre les prétentions de la Floride.

Aussi, la décision à peine connue, les députés texiens et floridiens arrivèrent à Baltimore par le plus court ; à partir de ce moment, le président Barbicane et les membres influents du Gun-Club furent assiégés jour et nuit de réclamations formidables. Si sept villes de la Grèce se disputèrent l'honneur d'avoir vu naître Homère, deux États tout entiers menaçaient d'en venir aux mains à propos d'un canon.

On vit alors ces « frères féroces » se promener en armes dans les rues de la ville. A chaque rencontre, quelque conflit était à craindre, qui aurait eu des conséquences désastreuses. Heureusement la prudence et l'adresse du président Barbicane conjurèrent ce danger. Les démonstrations personnelles trouvèrent un dérivatif dans les journaux des divers États. Ce fut ainsi que le *New York Herald* et la *Tribune* soutinrent le Texas, tandis que le *Times* et l'*Americain Review* prirent fait et cause pour les députés floridiens. Les membres du Gun-Club ne savaient plus auquel entendre.

Le Texas arrivait fièrement avec ses vingt-six comtés, qu'il semblait mettre en batterie ; mais la Floride répondait que douze comtés pouvaient plus que vingt-six, dans un pays six fois plus petit.

Le Texas se targuait fort de ses trois cent trente mille indigènes, mais la Floride, moins vaste, se vantait d'être plus peuplée avec cinquante-six mille. D'ailleurs elle accusait le Texas d'avoir une spécialité de fièvres paludéennes qui lui coûtaient, bon an mal an, plusieurs milliers d'habitants. Et elle n'avait pas tort.

A son tour, le Texas répliquait qu'en fait de fièvres la Floride n'avait rien à lui envier, et qu'il était au moins imprudent de traiter les autres de pays malsains, quand on avait l'honneur de posséder le « vómito negro » à l'état chronique. Et il avait raison.

« D'ailleurs, ajoutaient les Texiens par l'organe du *New York Herald*, on doit des égards à un État où pousse le plus beau coton de toute l'Amérique, un État qui produit le meilleur chêne vert pour la construction des navires, un État qui renferme de la houille superbe et des mines de fer dont le rendement est de cinquante pour cent de minerai pur. »

A cela l'*American Review* répondait que le sol de la Floride, sans être aussi riche, offrait de meilleures conditions pour le moulage et la fonte de la Columbiad, car il était composé de sable et de terre argileuse.

« Mais, reprenaient les Texiens, avant de fondre quoi que ce soit dans un pays, il faut arriver dans ce pays; or, les communications avec la Floride sont difficiles, tandis que la côte du Texas offre la baie de Galveston, qui a quatorze lieues de tour et qui peut contenir les flottes du monde entier.

— Bon! répétaient les journaux dévoués aux Floridiens, vous nous la donnez belle avec votre baie de Galveston située au-dessus du vingt-neuvième parallèle. N'avons-nous pas la baie d'Espiritu-Santo, ouverte précisément sur le vingt-huitième degré de latitude, et par laquelle les navires arrivent directement à Tampa-Town ?

— Jolie baie ! répondait le Texas, elle est à demi ensablée !

— Ensablés vous-mêmes ! s'écriait la Floride. Ne dirait-on pas que je suis un pays de sauvages ?

— Ma foi, les Séminoles courent encore vos prairies !

— Eh bien ! et vos Apaches et vos Comanches sont-ils donc civilisés ! »

La guerre se soutenait ainsi depuis quelques jours, quand la Floride essaya d'entraîner son adversaire sur un autre terrain, et un matin le *Times* insinua que, l'entreprise étant « essentiellement américaine », elle ne pouvait être tentée que sur un territoire « essentiellement américain » !

A ces mots le Texas bondit : « Américains ! s'écria-t-il, ne le sommes-nous pas autant que vous ? Le Texas et la Floride n'ont-ils pas été incorporés tous les deux à l'Union en 1845 ?

— Sans doute, répondit le *Times*, mais nous appartenons aux Américains depuis 1820.

— Je le crois bien, répliqua la *Tribune* ; après avoir été Espagnols ou Anglais pendant deux cents ans, on vous a vendus aux États-Unis pour cinq millions de dollars !

— Et qu'importe ! répliquèrent les Flori-

diens, devons-nous en rougir ? En 1803, n'a-
t-on pas acheté la Louisiane à Napoléon au
prix de seize millions de dollars ?

— C'est une honte ! s'écrièrent alors les
députés du Texas. Un misérable morceau de
terre comme la Floride, oser se comparer au
Texas, qui, au lieu de se vendre, s'est fait indé-
pendant lui-même, qui a chassé les Mexicains
le 2 mars 1836, qui s'est déclaré république
fédérative après la victoire remportée par
Samuel Houston aux bords du San-Jacinto
sur les troupes de Santa-Anna ! Un pays enfin
qui s'est adjoint volontairement aux États-
Unis d'Amérique !

— Parce qu'il avait peur des Mexicains ! »
répondit la Floride.

Peur ! Du jour où ce mot, vraiment trop vif,
fut prononcé, la position devint intolérable.
On s'attendit à un égorgement des deux partis
dans les rues de Baltimore. On fut obligé de
garder les députés à vue.

Le président Barbicane ne savait où donner
de la tête. Les notes, les documents, les lettres
grosses de menaces pleuvaient dans sa maison. Quel parti devait-il prendre ? Au point de
vue de l'appropriation du sol, de la facilité des
communications, de la rapidité des trans-
ports, les droits des deux États étaient véritablement égaux. Quant aux personnalités
politiques, elles n'avaient que faire dans la
question.

Or, cette hésitation, cet embarras durait
déjà depuis longtemps, quand Barbicane
résolut d'en sortir ; il réunit ses collègues, et la

solution qu'il leur proposa fut profondément sage, comme on va le voir.

« En considérant bien, dit-il, ce qui vient de se passer entre la Floride et le Texas, il est évident que les mêmes difficultés se reproduiront entre les villes de l'État favorisé. La rivalité descendra du genre à l'espèce, de l'État à la Cité, et voilà tout. Or, le Texas possède onze villes dans les conditions voulues, qui se disputeront l'honneur de l'entreprise et nous créeront de nouveaux ennuis, tandis que la Floride n'en a qu'une. Va donc pour la Floride et pour Tampa-Town ! »

Cette décision, rendue publique, atterra les députés du Texas. Ils entrèrent dans une indescriptible fureur et adressèrent des provocations nominales aux divers membres du Gun-Club. Les magistrats de Baltimore n'eurent plus qu'un parti à prendre, et ils le prirent. On fit chauffer un train spécial, on y embarqua les Texiens bon gré mal gré, et ils quittèrent la ville avec une rapidité de trente mille à l'heure.

Mais, si vite qu'ils fussent emportés, ils eurent le temps de jeter un dernier et menaçant sarcasme à leurs adversaires.

Faisant allusion au peu de largeur de la Floride, simple presqu'île resserrée entre deux mers, ils prétendirent qu'elle ne résisterait pas à la secousse du tir et qu'elle sauterait au premier coup de canon.

« Eh bien ! qu'elle saute ! » répondirent les Floridiens avec un laconisme digne des temps antiques.

XII

URBI ET ORBI

Les difficultés astronomiques, mécaniques, topographiques une fois résolues, vint la question d'argent. Il s'agissait de se procurer une somme énorme pour l'exécution du projet. Nul particulier, nul État même n'aurait pu disposer des millions nécessaires.

Le président Barbicane prit donc le parti, bien que l'entreprise fût américaine, d'en faire une affaire d'un intérêt universel et de demander à chaque peuple sa coopération financière. C'était à la fois le droit et le devoir de toute la Terre d'intervenir dans les affaires de son satellite. La souscription ouverte dans ce but s'étendit de Baltimore au monde entier, *urbi et orbi*.

Cette souscription devait réussir au-delà de toute espérance. Il s'agissait cependant de sommes à donner, non à prêter. L'opération était purement désintéressé dans le sens littéral du mot, et n'offrait aucune chance de bénéfice.

Mais l'effet de la communication Barbicane ne s'était pas arrêté aux frontières des États-Unis ; il avait franchi l'Atlantique et le Pacifique, envahissant à la fois l'Asie et l'Europe, l'Afrique et l'Océanie. Les observatoires de l'Union se mirent en rapport immédiat avec les observatoires des pays étrangers ; les uns, ceux de Paris, de Pétersbourg, du Cap, de Ber-

lin, d'Altona, de Stockholm, de Varsovie, de
Hambourg, de Bude, de Bologne, de Malte, de
Lisbonne, de Bénarès, de Madras, de Péking,
firent parvenir leurs compliments au Gun-
Club ; les autres gardèrent une prudente
expectative.

Quant à l'observatoire de Greenwich,
approuvé par les vingt-deux autres établisse-
ments astronomiques de la Grande-Bretagne,
il fut net ; il nia hardiment la possibilité du
succès, et se rangea aux théories du capitaine
Nicholl. Aussi, tandis que diverses sociétés
savantes promettaient d'envoyer des délégués
à Tampa-Town, le bureau de Greenwich,
réuni en séance, passa brutalement à l'ordre
du jour sur la proposition Barbicane. C'était
là de la belle et bonne jalousie anglaise. Pas
autre chose.

En somme, l'effet fut excellent dans le
monde scientifique, et de là il passa parmi les
masses, qui, en général, se passionnèrent
pour la question. Fait d'une haute importance, puisque ces masses allaient être appe-
lées à souscrire un capital considérable.

Le président Barbicane, le 8 octobre, avait
lancé un manifeste empreint d'enthousiasme,
et dans lequel il faisait appel « à tous les
hommes de bonne volonté sur la Terre ». Ce
document, traduit en toutes langues, réussit
beaucoup.

Les souscriptions furent ouvertes dans les
principales villes de l'Union pour se centrali-
ser à la banque de Baltimore, 9, Baltimore
street ; puis on souscrivit dans les différents
États des deux continents :

A Vienne, chez S.-M. de Rothschild ;
A Pétersbourg, chez Stieglitz et Ce ;
A Paris, au Crédit mobilier ;
A Stockholm, chez Tottie et Arfuredson ;
A Londres, chez N.-M. de Rothschild et fils ;
A Turin, chez Ardouin et Ce ;
A Berlin, chez Mendelssohn ;
A Genève, chez Lombard, Odier et Ce ;
A Constantinople, à la Banque Ottomane ;
A Bruxelles, chez S. Lambert ;
A Madrid, chez Daniel Weisweller ;
A Amsterdam, au Crédit Néerlandais ;
A Rome, chez Torlonia et Ce ;
A Lisbonne, chez Lecesne ;
A Copenhague, à la Banque privée ;
A Buenos Aires, à la Banque Maua ;
A Rio de Janeiro, même maison ;
A Montevideo, même maison ;
A Valparaiso, chez Thomas La Chambre et Ce ;
A Mexico, chez Martin Daran et Ce ;
A Lima, chez Thomas La Chambre et Ce.

Trois jours après le manifeste du président Barbicane, quatre millions de dollars étaient versés dans les différentes villes de l'Union. Avec un pareil acompte, le Gun-Club pouvait déjà marcher.

Mais, quelques jours plus tard, les dépêches apprenaient à l'Amérique que les souscriptions étrangères se couvraient avec un véritable empressement. Certains pays se distinguaient par leur générosité ; d'autres se desserraient moins facilement. Affaire de tempérament.

Du reste, les chiffres sont plus éloquents que les paroles, et voici l'état officiel des sommes qui furent portées à l'actif du Gun-Club, après souscription close.

La Russie versa pour son contingent l'énorme somme de trois cent soixante-huit mille sept cent trente-trois roubles. Pour s'en étonner, il faudrait méconnaître le goût scientifique des Russes et le progrès qu'ils impriment aux études astronomiques, grâce à leurs nombreux observatoires, dont le principal a coûté deux millions de roubles.

La France commença par rire de la prétention des Américains. La Lune servit de prétexte à mille calembours usés et à une vingtaine de vaudevilles, dans lesquels le mauvais goût le disputait à l'ignorance. Mais, de même que les Français payèrent jadis après avoir chanté, ils payèrent, cette fois, après avoir ri, et ils souscrivirent pour une somme de douze cent cinquante-trois mille neuf cent trente francs. A ce prix-là, ils avaient bien le droit de s'égayer un peu.

L'Autriche se montra suffisamment généreuse au milieu de ses tracas financiers. Sa part s'éleva dans la contribution publique à la somme de deux cent seize mille florins, qui furent les bienvenus.

Cinquante-deux mille rixdales, tel fut l'appoint de la Suède et de la Norvège. Le chiffre était considérable relativement au pays; mais il eût été certainement plus élevé, si la souscription avait eu lieu à Christiania en même temps qu'à Stockholm. Pour une raison ou pour une autre, les Norvégiens n'aiment pas à envoyer leur argent en Suède.

La Prusse, par un envoi de deux cent cinquante mille thalers, témoigna de sa haute approbation pour l'entreprise. Ses différents observatoires contribuèrent avec empressement pour une somme importante et furent les plus ardents à encourager le président Barbicane.

La Turquie se conduisit généreusement; mais elle était personnellement intéressée dans l'affaire; la Lune, en effet, règle le cours de ses années et son jeûne du Ramadan. Elle ne pouvait faire moins que de donner un million trois cent soixante-douze mille six cent quarante piastres, et elle les donna avec une ardeur qui dénonçait, cependant, une certaine pression du gouvernement de la Porte.

La Belgique se distingua entre tous les États de second ordre par un don de cinq cent treize mille francs, environ douze centimes par habitant.

La Hollande et ses colonies s'intéressèrent dans l'opération pour cent dix mille florins, demandant seulement qu'il leur fût fait une bonification de cinq pour cent d'escompte, puisqu'elles payaient comptant.

Le Danemark, un peu restreint dans son territoire, donna cependant neuf mille ducats fins, ce qui prouve l'amour des Danois pour les expéditions scientifiques.

La Confédération germanique s'engagea pour trente-quatre mille deux cent quatre-vingt-cinq florins; on ne pouvait rien lui demander de plus; d'ailleurs, elle n'eût pas donné davantage.

Quoique très gênée, l'Italie trouva deux cent mille lires dans les poches de ses enfants, mais en les retournant bien. Si elle avait eu la Vénétie, elle aurait fait mieux; mais enfin elle n'avait pas la Vénétie.

Les États de l'Église ne crurent pas devoir envoyer moins de sept mille quarante écus romains, et le Portugal poussa son dévouement à la science jusqu'à trente mille cruzades.

Quant au Mexique, ce fut le denier de la veuve, quatre-vingt-six piastres fortes; mais les empires qui se fondent sont toujours un peu gênés.

Deux cent cinquante-sept francs, tel fut l'apport modeste de la Suisse dans l'œuvre américaine. Il faut le dire franchement, la Suisse ne voyait point le côté pratique de l'opération; il ne lui semblait pas que l'action d'envoyer un boulet dans la Lune fût de nature à établir des relations d'affaires avec l'astre des nuits, et il lui paraissait peu prudent d'engager ses capitaux dans une entreprise aussi aléatoire. Après tout, la Suisse avait peut-être raison.

Quant à l'Espagne, il lui fut impossible de réunir plus de cent dix réaux. Elle donna pour prétexte qu'elle avait ses chemins de fer à terminer. La vérité est que la science n'est pas très bien vue dans ce pays-là. Il est encore un peu arriéré. Et puis certains Espagnols, non des moins instruits, ne se rendaient pas un compte exact de la masse du projectile comparée à celle de la Lune; ils craignaient qu'il ne vînt à déranger son orbite, à la troubler dans son rôle de satellite et à provoquer sa chute à la surface du globe terrestre. Dans ce cas-là, il valait mieux s'abstenir. Ce qu'ils firent, à quelques réaux près.

Restait l'Angleterre. On connaît la méprisante antipathie avec laquelle elle accueillit la proposition Barbicane. Les Anglais n'ont qu'une seule et même âme pour les vingt-cinq millions d'habitants que renferme la Grande-Bretagne. Ils donnèrent à entendre que l'entreprise du Gun-Club était contraire « au principe de non-intervention », et ils ne souscrivirent même pas pour un farthing.

A cette nouvelle, le Gun-Club se contenta de hausser les épaules et revint à sa grande affaire. Quand l'Amérique du Sud, c'est-à-dire le Pérou, le Chili, le Brésil, les provinces de la Plata, la Colombie, eurent pour leur quote-part versé entre ses mains la somme de trois cent mille dollars, il se trouva à la tête d'un capital considérable, dont voici le décompte :

Souscription des États-Unis	4 000 000	dollars
Souscriptions étrangères	1 446 675	dollars
Total......................	5 446 675	dollars

C'était donc cinq millions quatre cent quarante-six mille six cent soixante-quinze dollars que le public versait dans la caisse du Gun-Club.

Que personne ne soit surpris de l'importance de la somme. Les travaux de la fonte, du forage, de la maçonnerie, le transport des ouvriers, leur installation dans un pays presque inhabité, les constructions de fours et de bâtiments, l'outillage des usines, la poudre, le projectile, les faux frais, devaient, suivant les devis, l'absorber à peu près tout entière. Certains coups de canon de la guerre fédérale sont revenus à mille dollars; celui du président Barbicane, unique dans les fastes de l'artillerie, pouvait bien coûter cinq mille fois plus.

Le 20 octobre, un traité fut conclu avec l'usine de Goldspring, près de New York, qui, pendant la guerre, avait fourni à Parrot ses meilleurs canons de fonte.

Il fut stipulé, entre les parties contractantes, que l'usine de Goldspring s'engageait à transporter à Tampa-Town, dans la Floride méridionale, le matériel nécessaire pour la fonte de la Columbiad. Cette opération devait être terminée, au plus tard, le 15 octobre prochain, et le canon livré en bon état, sous peine d'une indemnité de cent dollars par jour jusqu'au moment où la Lune se présenterait dans les mêmes conditions, c'est-à-dire dans dix-huit ans et onze jours. L'engagement des ouvriers, leur paie, les aménagements nécessaires incombaient à la compagnie du Goldspring.

Ce traité, fait double et de bonne foi, fut signé par I. Barbicane, président du Gun-Club, et J. Murchison, directeur de l'usine de Goldspring, qui approuvèrent l'écriture de part et d'autre.

XIII

STONE'S-HILL

Depuis le choix fait par les membres du Gun-Club au détriment du Texas, chacun en Amérique, où tout le monde sait lire, se fit un devoir d'étudier la géographie de la Floride. Jamais les libraires ne vendirent tant de *Bartram's travel in Florida*, de *Roman's natural history of East and West Florida*, de *William's territory of Florida*, de *Cleland on the culture of the Sugar-Cane in East Florida*. Il fallut imprimer de nouvelles éditions. C'était une fureur.

Barbicane avait mieux à faire qu'à lire; il voulait voir de ses propres yeux et marquer l'emplacement de la Columbiad. Aussi, sans perdre un instant, il mit à la disposition de l'Observatoire de Cambridge les fonds nécessaires à la construction d'un télescope, et traita avec la maison Breadwill and C° d'Albany, pour la confection du projectile en aluminium; puis il quitta Baltimore, accompagné de J.-T. Maston, du major Elphiston et du directeur de l'usine de Goldspring.

Le lendemain, les quatre compagnons de route arrivèrent à La Nouvelle-Orléans. Là ils s'embarquèrent immédiatement sur le *Tampico*, aviso de la marine fédérale, que le gouvernement mettait à leur disposition, et, les feux étant poussés, les rivages de la Louisiane disparurent bientôt à leurs yeux.

La traversée ne fut pas longue; deux jours après son départ, le *Tampico*, ayant franchi quatre cent quatre-vingts milles, eut connaissance de la côte floridienne. En approchant, Barbicane se vit en présence d'une terre basse, plate, d'un aspect assez infertile. Après avoir rangé une suite d'anses riches en huîtres et en homards, le *Tampico* donna dans la baie d'Espiritu-Santo.

Cette baie se divise en deux rades allongées, la rade de Tampa et la rade d'Hillisboro, dont le steamer franchit bientôt le goulet. Peu de temps après, le fort Broocke dessina ses batteries rasantes au-dessus des flots, et la ville de Tampa apparut, négligemment couchée au fond du petit port naturel formé par l'embouchure de la rivière Hillisboro.

Ce fut là que le *Tampico* mouilla, le 22 octobre, à sept heures du soir; les quatre passagers débarquèrent immédiatement.

Barbicane sentit son cœur battre avec violence lorsqu'il foula le sol floridien; il semblait le tâter du pied, comme fait un architecte d'une maison dont il éprouve la solidité. J.-T. Maston grattait la terre du bout de son crochet.

« Messieurs, dit alors Barbicane, nous n'avons pas de temps à perdre, et dès demain nous monterons à cheval pour reconnaître le pays. »

Au moment où Barbicane avait atterri, les trois mille habitants de Tampa-Town s'étaient portés à sa rencontre, honneur bien dû au président du Gun-Club qui les avait favorisés de son choix. Ils le reçurent au milieu d'acclamations formidables ; mais Barbicane se déroba à toute ovation, gagna une chambre de l'hôtel Franklin et ne voulut recevoir personne. Le métier d'homme célèbre ne lui allait décidément pas.

Le lendemain, 23 octobre, de petits chevaux de race espagnole, pleins de vigueur et de feu, piaffaient sous ses fenêtres. Mais, au lieu de quatre, il y en avait cinquante, avec leurs cavaliers. Barbicane descendit, accompagné de ses trois compagnons, et s'étonna tout d'abord de se trouver au milieu d'une pareille cavalcade. Il remarqua en outre que chaque cavalier portait une carabine en bandoulière et des pistolets dans ses fontes. La raison d'un tel déploiement de forces lui fut aussitôt donnée par un jeune Floridien, qui lui dit :

« Monsieur, il y a les Séminoles.

— Quels Séminoles ?

— Des sauvages qui courent les prairies, et il nous a paru prudent de vous faire escorte.

— Peuh ! fit J.-T. Maston en escaladant sa monture.

— Enfin, reprit le Floridien, c'est plus sûr.

— Messieurs, répondit Barbicane, je vous remercie de votre attention, et maintenant, en route ! »

La petite troupe s'ébranla aussitôt et disparut dans un nuage de poussière. Il était cinq heures du matin ; le soleil resplendissait déjà et le thermomètre marquait 84° ; mais de fraîches brises de mer modéraient cette excessive température.

Barbicane, en quittant Tampa-Town, descendit vers le sud et suivit la côte, de manière à gagner le creek d'Alifia. Cette petite rivière se jette dans la baie Hillisboro, à douze milles au-dessous de Tampa-Town. Barbicane et son escorte côtoyèrent sa rive droite en remontant vers l'est. Bientôt les flots de la baie disparurent derrière un pli de terrain, et la campagne floridienne s'offrit seule aux regards.

La Floride se divise en deux parties : l'une au nord, plus populeuse, moins abandonnée, a Tallahassee pour capitale et Pensacola, l'un des principaux arsenaux maritimes des États-Unis ; l'autre, pressée entre l'Atlantique et le golfe du Mexique, qui l'étreignent de leurs eaux, n'est qu'une mince presqu'île rongée par le courant du Gulf-Stream, pointe de terre perdue au milieu d'un petit archipel, et que doublent incessamment les nombreux navires du canal de Bahama. C'est la sentinelle avancée du golfe des grandes tempêtes. La superficie de cet État est de trente-huit millions trente-trois mille deux cent soixante-sept acres, parmi lesquels il fallait en choisir un situé en deçà du vingt-huitième parallèle et convenable à l'entreprise ; aussi Barbicane, en chevauchant, examinait attentivement la configuration du sol et sa distribution particulière.

La Floride, découverte par Juan Ponce de León, en 1512, le jour des Rameaux, fut d'abord nommée Pâques-Fleuries. Elle méritait peu cette appellation charmante sur ses côtes arides et brûlées. Mais, à quelques

milles du rivage, la nature du terrain changea
peu à peu, et le pays se montra digne de son
nom ; le sol était entrecoupé d'un réseau de
creeks, de rios, de cours d'eau, d'étangs, de
petits lacs ; on se serait cru dans la Hollande
ou la Guyane ; mais la campagne s'éleva sensiblement et montra bientôt ses plaines culti-
vées, où réussissaient toutes les productions
végétales du Nord et du Midi, ses champs
immenses dont le soleil des tropiques et les
eaux conservées dans l'argile du sol faisaient
tous les frais de culture, puis enfin ses prairies d'ananas, d'ignames, de tabac, de riz, de
coton et de canne à sucre, qui s'étendaient à
perte de vue, en étalant leurs richesses avec
une insouciante prodigalité.

Barbicane parut très satisfait de constater
l'élévation progressive du terrain, et, lorsque
J.-T. Maston l'interrogea à ce sujet :

« Mon digne ami, lui répondit-il, nous
avons un intérêt de premier ordre à couler
notre Columbiad dans les hautes terres.

— Pour être plus près de la Lune ? s'écria le
secrétaire du Gun-Club.

— Non ! répondit Barbicane en souriant.
Qu'importent quelques toises de plus ou de
moins ? Non, mais au milieu de terrains élevés, nos travaux marcheront plus facilement ;
nous n'aurons pas à lutter avec les eaux, ce
qui nous évitera des tubages longs et coûteux,
et c'est à considérer, lorsqu'il s'agit de forer
un puits de neuf cents pieds de profondeur.

— Vous avez raison, dit alors l'ingénieur
Murchison ; il faut, autant que possible, éviter

les cours d'eau pendant le forage; mais si nous rencontrons des sources, qu'à cela ne tienne, nous les épuiserons avec nos machines, ou nous les détournerons. Il ne s'agit pas ici d'un puits artésien, étroit et obscur, où le taraud, la douille, la sonde, en un mot tous les outils du foreur, travaillent en aveugles. Non. Nous opérerons à ciel ouvert, au grand jour, la pioche ou le pic à la main, et, la mine aidant, nous irons rapidement en besogne.

— Cependant, reprit Barbicane, si par l'élévation du sol ou sa nature nous pouvons éviter une lutte avec les eaux souterraines, le travail en sera plus rapide et plus parfait; cherchons donc à ouvrir notre tranchée dans un terrain situé à quelques centaines de toises au-dessus du niveau de la mer.

— Vous avez raison, monsieur Barbicane, et, si je ne me trompe, nous trouverons avant peu un emplacement convenable.

— Ah! je voudrais être au premier coup de pioche, dit le président.

— Et moi au dernier! s'écria J.-T. Maston.

— Nous y arriverons, messieurs, répondit l'ingénieur, et, croyez-moi, la compagnie du Goldspring n'aura pas à vous payer d'indemnité de retard.

— Par sainte Barbe! vous aurez raison! répliqua J.-T. Maston; cent dollars par jour jusqu'à ce que la Lune se représente dans les mêmes conditions, c'est-à-dire pendant dix-huit ans et onze jours, savez-vous bien que cela ferait six cent cinquante-huit mille cent dollars?

— Non, monsieur, nous ne le savons pas, répondit l'ingénieur, et nous n'aurons pas besoin de l'apprendre. »

Vers dix heures du matin, la petite troupe avait franchi une douzaine de milles ; aux campagnes fertiles succédait alors la région des forêts. Là, croissaient les essences les plus variées avec une profusion tropicale. Ces forêts presque impénétrables étaient faites de grenadiers, d'orangers, de citronniers, de figuiers, d'oliviers, d'abricotiers, de bananiers, de grands ceps de vigne, dont les fruits et les fleurs rivalisaient de couleurs et de parfums. A l'ombre odorante de ces arbres magnifiques chantait et volait tout un monde d'oiseaux aux brillantes couleurs, au milieu desquels on distinguait plus particulièrement des crabiers, dont le nid devait être un écrin, pour être digne de ces bijoux emplumés.

J.-T. Maston et le major ne pouvaient se trouver en présence de cette opulente nature sans en admirer les splendides beautés. Mais le président Barbicane, peu sensible à ces merveilles, avait hâte d'aller en avant ; ce pays si fertile lui déplaisait par sa fertilité même ; sans être autrement hydroscope, il sentait l'eau sous ses pas et cherchait, mais en vain, les signes d'une incontestable aridité.

Cependant on avançait ; il fallut passer à gué plusieurs rivières, et non sans quelque danger, car elles étaient infestées de caïmans longs de quinze à dix-huit pieds. J.-T. Maston les menaça hardiment de son redoutable crochet, mais il ne parvint à effrayer que les pélicans, les sarcelles, les phaétons, sauvages habitants de ces rives, tandis que de grands flamants rouges le regardaient d'un air stupide.

Enfin ces hôtes des pays humides disparurent à leur tour ; les arbres moins gros s'éparpillèrent dans les bois moins épais ; quelques groupes isolés se détachèrent au milieu de plaines infinies où passaient des troupeaux de daims effarouchés.

« Enfin ! s'écria Barbicane en se dressant sur ses étriers, voici la région des pins !

— Et celle des sauvages », répondit le major.

En effet, quelques Séminoles apparaissaient à l'horizon ; ils s'agitaient, ils couraient de l'un à l'autre sur leurs chevaux rapides, brandissant de longues lances ou déchargeant leurs fusils à détonation sourde ; d'ailleurs ils se bornèrent à ces démonstrations hostiles, sans inquiéter Barbicane et ses compagnons.

Ceux-ci occupaient alors le milieu d'une plaine rocailleuse, vaste espace découvert d'une étendue de plusieurs acres, que le soleil inondait de rayons brûlants. Elle était formée par une large extumescence du terrain, qui semblait offrir aux membres du Gun-Club toutes les conditions requises pour l'établissement de leur Columbiad.

« Halte ! dit Barbicane en s'arrêtant. Cet endroit a-t-il un nom dans le pays ?

— Il s'appelle Stone's-Hill », répondit un des Floridiens.

Barbicane, sans mot dire, mit pied à terre,

prit ses instruments et commença à relever sa position avec une extrême précision; la petite troupe, rangée autour de lui, l'examinait en gardant un profond silence.

En ce moment le soleil passait au méridien. Barbicane, après quelques instants, chiffra rapidement le résultat de ses observations et dit :

« Cet emplacement est situé à trois cents toises au-dessus du niveau de la mer par 27° 7′ de latitude et 5° 7′ de longitude ouest; il me paraît offrir par sa nature aride et rocailleuse toutes les conditions favorables à l'expérience; c'est donc dans cette plaine que s'élèveront nos magasins, nos ateliers, nos fourneaux, les huttes de nos ouvriers, et c'est d'ici, d'ici même, répéta-t-il en frappant du pied le sommet de Stone's-Hill, que notre projectile s'envolera vers les espaces du monde solaire ! »

XIV

PIOCHE ET TRUELLE

Le soir même, Barbicane et ses compagnons rentraient à Tampa-Town, et l'ingénieur Murchison se réembarquait sur le *Tampico* pour La Nouvelle-Orléans. Il devait embaucher une armée d'ouvriers et ramener la plus grande partie du matériel. Les membres du Gun-Club demeurèrent à Tampa-Town, afin d'organiser les premiers travaux en s'aidant des gens du pays.

Huit jours après son départ, le *Tampico* revenait dans la baie d'Espiritu-Santo avec une flottille de bateaux à vapeur. Murchison avait réuni quinze cents travailleurs. Aux mauvais jours de l'esclavage, il eût perdu son temps et ses peines. Mais depuis que l'Amérique, la terre de la liberté, ne comptait plus que des hommes libres dans son sein, ceux-ci accouraient partout où les appelait une main-d'œuvre largement rétribuée. Or, l'argent ne manquait pas au Gun-Club; il offrait à ses hommes une haute paie, avec gratifications considérables et proportionnelles. L'ouvrier embauché pour la Floride pouvait compter, après l'achèvement des travaux, sur un capital déposé en son nom à la banque de Baltimore. Murchison n'eut donc que l'embarras du choix, et il put se montrer sévère sur l'intelligence et l'habileté de ses travailleurs. On est autorisé à croire qu'il enrôla dans sa laborieuse légion l'élite des mécaniciens, des chauffeurs, des fondeurs, des chaufourniers, des mineurs, des briquetiers et des manœuvres de tout genre, noirs ou blancs, sans distinction de couleur. Beaucoup d'entre eux emmenaient leur famille. C'était une véritable émigration.

Le 31 octobre, à dix heures du matin, cette troupe débarqua sur les quais de Tampa-Town; on comprend le mouvement et l'activité qui régnèrent dans cette petite ville dont on doublait en un jour la population. En effet, Tampa-Town devait gagner énormément à cette initiative du Gun-Club, non par le nombre des ouvriers, qui furent dirigés immédiatement sur Stone's-Hill, mais grâce à cette affluence de curieux qui convergèrent peu à peu de tous les points du globe vers la presqu'île floridienne.

Pendant les premiers jours, on s'occupa de décharger l'outillage apporté par la flottille, les machines, les vivres, ainsi qu'un assez grand nombre de maisons de tôles faites de pièces démontées et numérotées. En même temps, Barbicane plantait les premiers jalons d'un railway long de quinze milles et destiné à relier Stone's-Hill à Tampa-Town.

On sait dans quelles conditions se fait le chemin de fer américain ; capricieux dans ses détours, hardi dans ses pentes, méprisant les garde-fous et les ouvrages d'art, escaladant les collines, dégringolant les vallées, le railroad court en aveugle et sans souci de la ligne droite ; il n'est pas coûteux, il n'est point gênant ; seulement, on y déraille et l'on y saute en toute liberté. Le chemin de Tampa-Town à Stone's-Hill ne fut qu'une simple bagatelle, et ne demanda ni grand temps ni grand argent pour s'établir.

Du reste, Barbicane était l'âme de ce monde accouru à sa voix ; il l'animait, il lui communiquait son souffle, son enthousiasme, sa conviction ; il se trouvait en tous lieux, comme s'il eût été doué du don d'ubiquité et toujours suivi de J.-T. Maston, sa mouche bourdonnante. Son esprit pratique s'ingéniait à mille inventions. Avec lui point d'obstacles, nulle difficulté, jamais d'embarras; il était mineur, maçon, mécanicien autant qu'artilleur, ayant des réponses pour toutes les demandes et des solutions pour tous les problèmes. Il correspondait activement avec le Gun-Club ou l'usine de Goldspring, et jour et nuit, les feux allumés, la vapeur maintenue en pression, le *Tampico* attendait ses ordres dans la rade d'Hillisboro.

Barbicane, le 1er novembre, quitta Tampa-Town avec un détachement de travailleurs, et dès le lendemain une ville de maisons mécaniques s'éleva autour de Stone's-Hill; on l'entoura de palissades, et à son mouvement, à son ardeur, on l'eût bientôt prise pour une des grandes cités de l'Union. La vie y fut réglée disciplinairement, et les travaux commencèrent dans un ordre parfait.

Des sondages soigneusement pratiqués avaient permis de reconnaître la nature du terrain, et le creusement put être entrepris dès le 4 novembre. Ce jour-là, Barbicane réunit ses chefs d'atelier et leur dit :

« Vous savez tous, mes amis, pourquoi je vous ai réunis dans cette partie sauvage de la Floride. Il s'agit de couler un canon mesurant neuf pieds de diamètre intérieur, six pieds d'épaisseur à ses parois et dix-neuf pieds et demi à son revêtement de pierre; c'est donc au total un puits large de soixante pieds qu'il faut creuser à une profondeur de neuf cents.

Cet ouvrage considérable doit être terminé en huit mois ; or, vous avez deux millions cinq cent quarante-trois mille quatre cents pieds cubes de terrain à extraire en deux cent cinquante-cinq jours, soit, en chiffres ronds, dix mille pieds cubes par jour. Ce qui n'offrirait aucune difficulté pour mille ouvriers travaillant à coudées franches sera plus pénible dans un espace relativement restreint. Néanmoins, puisque ce travail doit se faire, il se fera, et je compte sur votre courage autant que sur votre habileté. »

A huit heures du matin, le premier coup de pioche fut donné dans le sol floridien, et depuis ce moment ce vaillant outil ne resta plus oisif un seul instant dans la main des mineurs. Les ouvriers se relayaient par quart de journée.

D'ailleurs, quelque colossale que fût l'opération, elle ne dépassait point la limite des forces humaines. Loin de là. Que de travaux d'une difficulté plus réelle et dans lesquels les éléments durent être directement combattus, qui furent menés à bonne fin ! Et, pour ne parler que d'ouvrages semblables, il suffira de citer ce *Puits du Père Joseph*, construit auprès du Caire par le sultan Saladin, à une époque où les machines n'étaient pas encore venues centupler la force de l'homme, et qui descend au niveau même du Nil, à une profondeur de trois cents pieds ! Et cet autre puits creusé à Coblentz par le margrave Jean de Bade jusqu'à six cents pieds dans le sol ! Eh bien ! de quoi s'agissait-il, en somme ? De tripler cette profondeur et sur une largeur décuple, ce qui rendrait le forage plus facile! Aussi il n'était pas un contremaître, pas un ouvrier qui doutât du succès de l'opération.

Une décision importante, prise par l'ingénieur Murchison, d'accord avec le président Barbicane, vint encore permettre d'accélérer la marche des travaux. Un article du traité portait que la Columbiad serait frettée avec des cercles de fer forgé placés à chaud. Luxe de précautions inutiles, car l'engin pouvait évidemment se passer de ces anneaux compresseurs. On renonça donc à cette clause.

De là une grande économie de temps, car on put alors employer ce nouveau système de creusement adopté maintenant dans la construction des puits, par lequel la maçonnerie se fait en même temps que le forage. Grâce à ce procédé très simple, il n'est plus nécessaire d'étayer les terres au moyen d'étrésillons; la muraille les contient avec une inébranlable puissance et descend d'elle-même par son propre poids.

Cette manœuvre ne devait commencer qu'au moment où la pioche aurait atteint la partie solide du sol.

Le 4 novembre, cinquante ouvriers creusèrent au centre même de l'enceinte palissadée, c'est-à-dire à la partie supérieure de Stone's-Hill, un trou circulaire large de soixante pieds.

La pioche rencontra d'abord une sorte de terreau noir, épais de six pouces, dont elle eut facilement raison. A ce terreau succédèrent deux pieds d'un sable fin qui fut soigneusement retiré, car il devait servir à la confection du moule intérieur.

Après ce sable apparut une argile blanche assez compacte, semblable à la marne d'Angleterre, et qui s'étageait sur une épaisseur de quatre pieds.

Puis le fer des pics étincela sur la couche dure du sol, sur une espèce de roche formée de coquillages pétrifiés, très sèche, très solide, et que les outils ne devaient plus quitter. A ce point, le trou présentait une profondeur de six pieds et demi, et les travaux de maçonnerie furent commencés.

Au fond de cette excavation, on construisit un « rouet » en bois de chêne, sorte de disque fortement boulonné et d'une solidité à toute épreuve ; il était percé à son centre d'un trou offrant un diamètre égal au diamètre extérieur de la Columbiad. Ce fut sur ce rouet que reposèrent les premières assises de la maçonnerie, dont le ciment hydraulique enchaînait les pierres avec une inflexible ténacité. Les ouvriers, après avoir maçonné de la circonférence au centre, se trouvaient renfermés dans un puits large de vingt et un pieds.

Lorsque cet ouvrage fut achevé, les mineurs reprirent le pic et la pioche, et ils entamèrent la roche sous le rouet même, en ayant soin de le supporter au fur et à mesure sur des « tins » d'une extrême solidité ; toutes les fois que le trou avait gagné deux pieds en profondeur, on retirait successivement ces tins ; le rouet s'abaissait peu à peu, et avec lui le massif annulaire de maçonnerie, à la couche supérieure duquel les maçons travaillaient incessamment, tout en réservant des « évents », qui devaient permettre aux gaz de s'échapper pendant l'opération de la fonte.

Ce genre de travail exigeait de la part des ouvriers une habileté extrême et une attention de tous les instants ; plus d'un, en creusant sous le rouet, fut blessé dangereusement par les éclats de pierre, et même mortellement ; mais l'ardeur ne se ralentit pas une seule minute, et jour et nuit : le jour, aux rayons d'un soleil qui versait, quelques mois plus tard, quatre-vingt-dix-neuf degrés de chaleur à ces plaines calcinées ; la nuit, sous les blanches nappes de la lumière électrique, le bruit des pics sur la roche, la détonation des mines, le grincement des machines, le tourbillon des fumées éparses dans les airs tracèrent autour de Stone's-Hill un cercle d'épouvante que les troupeaux de bisons ou les détachements de Séminoles n'osaient plus franchir.

Cependant les travaux avançaient régulièrement ; des grues à vapeur activaient l'enlèvement des matériaux ; d'obstacles inattendus il fut peu question, mais seulement de difficultés prévues, et l'on s'en tirait avec habileté.

Le premier mois écoulé, le puits avait atteint la profondeur assignée pour ce laps de temps, soit cent douze pieds. En décembre, cette profondeur fut doublée, et triplée en janvier. Pendant le mois de février, les travailleurs eurent à lutter contre une nappe d'eau qui se fit jour à travers l'écorce terrestre. Il fallut employer des pompes puissantes et des appareils à air comprimé pour l'épuiser afin de bétonner l'orifice des sources, comme on aveugle une voie d'eau à bord d'un navire. Enfin on eut raison de ces courants malencontreux. Seulement, par suite de la mobilité du terrain, le rouet céda en partie, et il y eut un débordement partiel. Que l'on juge de l'épouvantable poussée de ce disque de maçonnerie haut de soixante-quinze toises ! Cet accident coûta la vie à plusieurs ouvriers.

Trois semaines durent être employées à étayer le revêtement de pierre, à le reprendre en sous-œuvre et à rétablir le rouet dans ses conditions premières de solidité. Mais, grâce à l'habileté de l'ingénieur, à la puissance des machines employées, l'édifice, un instant compromis, retrouva son aplomb, et le forage continua.

Aucun incident nouveau n'arrêta désormais la marche de l'opération, et le 10 juin, vingt jours avant l'expiration des délais fixés par Barbicane, le puits, entièrement revêtu de son parement de pierres, avait atteint la profondeur de neuf cents pieds. Au fond, la maçonnerie reposait sur un cube massif mesurant trente pieds d'épaisseur, tandis qu'à sa partie supérieure elle venait affleurer le sol.

Le président Barbicane et les membres du Gun-Club félicitèrent chaudement l'ingénieur Murchison ; son travail cyclopéen s'était accompli dans des conditions extraordinaires de rapidité.

Pendant ces huit mois, Barbicane ne quitta pas un instant Stone's-Hill; tout en suivant de près les opérations du forage, il s'inquiétait incessamment du bien-être et de la santé de ses travailleurs, et il fut assez heureux pour éviter ces épidémies communes aux grandes agglomérations d'hommes et si désastreuses dans ces régions du globe exposées à toutes les influences tropicales.

Plusieurs ouvriers, il est vrai, payèrent de leur vie les imprudences inhérentes à ces dangereux travaux; mais ces déplorables malheurs sont impossibles à éviter, et ce sont des détails dont les Américains se préoccupent assez peu. Ils ont plus souci de l'humanité en général que de l'individu en particulier. Cependant Barbicane professait les principes contraires, et il les appliquait en toute occasion. Aussi, grâce à ses soins, à son intelligence, à son utile intervention dans les cas difficiles, à sa prodigieuse et humaine sagacité, la moyenne des catastrophes ne dépassa pas celle des pays d'outre-mer cités pour leur luxe de précautions, entre autres la France, où l'on compte environ un accident sur deux cent mille francs de travaux.

XV

LA FÊTE DE LA FONTE

Pendant les huit mois qui furent employés à l'opération du forage, les travaux prépara-

toires de la fonte avaient été conduits simultanément avec une extrême rapidité ; un étranger, arrivant à Stone's-Hill, eût été fort surpris
du spectacle offert à ses regards.

A six cents yards du puits, et circulairement
disposés autour de ce point central, s'éle-
vaient douze cents fours à réverbère, larges de
six pieds chacun et séparés l'un de l'autre par
un intervalle d'une demi-toise. La ligne développée par ces douze cents fours offrait une
longueur de deux milles. Tous étaient
construits sur le même modèle avec leur
haute cheminée quadrangulaire, et ils produisaient le plus singulier effet. J.-T. Maston
trouvait superbe cette disposition architectu-
rale. Cela lui rappelait les monuments de
Washington. Pour lui, il n'existait rien de plus
beau, même en Grèce, « où d'ailleurs, disait-il,
il n'avait jamais été ».

On se rappelle que, dans sa troisième
séance, le Comité se décida à employer la
fonte de fer pour la Columbiad, et spécialement la fonte grise. Ce métal est, en effet, plus
tenace, plus ductile, plus doux, facilement
alésable, propre à toutes les opérations de
moulage, et, traité au charbon de terre, il est
d'une qualité supérieure pour les pièces de
grande résistance, telles que canons, cylindres
de machines à vapeur, presses hydrauliques,
etc.

Mais la fonte, si elle n'a subi qu'une seule
fusion, est rarement assez homogène, et c'est
au moyen d'une deuxième fusion qu'on
l'épure, qu'on la raffine, en la débarrassant de
ses derniers dépôts terreux.

Aussi, avant d'être expédié à Tampa-Town, le minerai de fer, traité dans les hauts fourneaux de Goldspring et mis en contact avec du charbon et du silicium chauffé à une forte température, s'était carburé et transformé en fonte. Après cette première opération, le métal fut dirigé vers Stone's-Hill. Mais il s'agissait de cent trente-six millions de livres de fonte, masse trop coûteuse à expédier par les railways ; le prix du transport eût doublé le prix de la matière. Il parut préférable d'affréter des navires à New York et de les charger de la fonte en barres ; il ne fallut pas moins de soixante-huit bâtiments de mille tonneaux, une véritable flotte, qui, le 3 mai, sortit des passes de New York, prit la route de l'Océan, prolongea les côtes américaines, embouqua le canal de Bahama, doubla la pointe floridienne, et, le 10 du même mois, remontant la baie d'Espiritu-Santo, vint mouiller sans avaries dans le port de Tampa-Town.

Là les navires furent déchargés dans les wagons du rail-road de Stone's-Hill, et, vers le milieu de janvier, l'énorme masse de métal se trouvait rendue à destination.

On comprend aisément que ce n'était pas trop de douze cents fours pour liquéfier en même temps ces soixante mille tonnes de fonte. Chacun de ces fours pouvait contenir près de cent quatorze mille livres de métal ; on les avait établis sur le modèle de ceux qui servirent à la fonte du canon Rodman ; ils affectaient la forme trapézoïdale, et étaient très surbaissés. L'appareil de chauffe et la chemi-

née se trouvaient aux deux extrémités du
fourneau, de telle sorte que celui-ci était également chauffé dans toute son étendue. Ces
fours, construits en briques réfractaires, se
composaient uniquement d'une grille pour
brûler le charbon de terre, et d'une « sole »
sur laquelle devaient être déposées les barres
de fonte ; cette sole, inclinée sous un angle de
vingt-cinq degrés, permettait au métal de
s'écouler dans les bassins de réception ; de là
douze cents rigoles convergentes le dirigeaient vers le puits central.

Le lendemain du jour où les travaux de
maçonnerie et de forage furent terminés, Barbicane fit procéder à la confection du moule
intérieur ; il s'agissait d'élever au centre du
puits, et suivant son axe, un cylindre haut de
neuf cents pieds et large de neuf, qui remplis-
sait exactement l'espace réservé à l'âme de la
Columbiad. Ce cylindre fut composé d'un
mélange de terre argileuse et de sable, additionné de foin et de paille. L'intervalle laissé
entre le moule et la maçonnerie devait être
comblé par le métal en fusion, qui formerait
ainsi des parois de six pieds d'épaisseur.

Ce cylindre, pour se maintenir en équilibre,
dut être consolidé par des armatures de fer et
assujetti de distance en distance au moyen de
traverses scellées dans le revêtement de
pierre ; après la fonte, ces traverses devaient
se trouver perdues dans le bloc de métal, ce
qui n'offrait aucun inconvénient.

Cette opération se termina le 8 juillet, et le
coulage fut fixé au lendemain.

« Ce sera une belle cérémonie que cette fête de la fonte, dit J.-T. Maston à son ami Barbicane.

— Sans doute, répondit Barbicane, mais ce ne sera pas une fête publique !

— Comment ! vous n'ouvrirez pas les portes de l'enceinte à tout venant ?

— Je m'en garderai bien, Maston ; la fonte de la Columbiad est une opération délicate, pour ne pas dire périlleuse, et je préfère qu'elle s'effectue à huit clos. Au départ du projectile, fête si l'on veut, mais jusque-là, non. »

Le président avait raison ; l'opération pouvait offrir des dangers imprévus, auxquels une grande affluence de spectateurs eût empêché de parer. Il fallait conserver la liberté de ses mouvements. Personne ne fut donc admis dans l'enceinte, à l'exception d'une délégation des membres du Gun-Club, qui fit le voyage de Tampa-Town. On vit là le fringant Bilsby, Tom Hunter, le colonel Blomsberry, le major Elphiston, le général Morgan, et *tutti quanti*, pour lesquels la fonte de la Columbiad devenait une affaire personnelle. J.-T. Maston s'était constitué leur cicérone ; il ne leur fit grâce d'aucun détail ; il les conduisit partout, aux magasins, aux ateliers, au milieu des machines, et il les força de visiter les douze cents fourneaux les uns après les autres. A la douze-centième visite, ils étaient un peu écœurés.

La fonte devait avoir lieu à midi précis ; la veille, chaque four avait été chargé de cent quatorze mille livres de métal en barres, disposées par piles croisées, afin que l'air chaud pût circuler librement entre elles. Depuis le matin, les douze cents cheminées vomissaient dans l'atmosphère leurs torrents de flammes, et le sol était agité de sourdes trépidations. Autant de livres de métal à fondre, autant de livres de houille à brûler. C'étaient donc soixante-huit mille tonnes de charbon, qui projetaient devant le disque du soleil un épais rideau de fumée noire.

La chaleur devint bientôt insoutenable dans ce cercle de fours dont les ronflements ressemblaient au roulement du tonnerre; de puissants ventilateurs y joignaient leurs souffles continus et saturaient d'oxygène tous ces foyers incandescents.

L'opération, pour réussir, demandait à être rapidement conduite. Au signal donné par un coup de canon, chaque four devait livrer passage à la fonte liquide et se vider entièrement.

Ces dispositions prises, chefs et ouvriers attendirent le moment déterminé avec une impatience mêlée d'une certaine quantité d'émotion. Il n'y avait plus personne dans l'enceinte, et chaque contremaître fondeur se tenait à son poste près des trous de coulée.

Barbicane et ses collègues, installés sur une éminence voisine, assistaient à l'opération. Devant eux, une pièce de canon était là, prête à faire feu sur un signe de l'ingénieur.

Quelques minutes avant midi, les premières gouttelettes du métal commencèrent à s'épancher; les bassins de réception s'emplirent peu à peu, et lorsque la fonte fut entièrement liquide, on la tint en repos pendant quelques instants, afin de faciliter la séparation des substances étrangères.

Midi sonna. Un coup de canon éclata soudain et jeta son éclair fauve dans les airs. Douze cents trous de coulée s'ouvrirent à la fois, et douze cents serpents de feu rampèrent vers le puits central, en déroulant leurs anneaux incandescents. Là ils se précipitèrent, avec un fracas épouvantable, à une profondeur de neuf cents pieds. C'était un émouvant et magnifique spectacle. Le sol tremblait, pendant que ces flots de fonte, lançant vers le ciel des tourbillons de fumée, volatilisaient en même temps l'humidité du moule et la rejetaient par les évents du revêtement de pierre sous la forme d'impénétrables vapeurs. Ces nuages factices déroulaient leurs spirales épaisses en montant vers le zénith jusqu'à une hauteur de cinq cents toises. Quelque sauvage, errant au-delà des limites de l'horizon, eût pu croire à la formation d'un nouveau cratère au sein de la Floride, et cependant ce n'était là ni une éruption, ni une trombe, ni un orage, ni une lutte d'éléments, ni un de ces phénomènes terribles que la nature est capable de produire ! Non ! l'homme seul avait créé ces vapeurs rougeâtres, ces flammes gigantesques dignes d'un volcan, ces trépidations bruyantes semblables aux secousses d'un tremblement de terre, ces mugissements rivaux des ouragans et des tempêtes, et c'était sa main qui précipitait, dans un abîme creusé par elle tout un Niagara, de métal en fusion.

XVI

LA COLUMBIAD

L'opération de la fonte avait-elle réussi ? On en était réduit à de simples conjectures. Cependant tout portait, à croire au succès, puisque le moule avait absorbé la masse entière du métal liquéfié dans les fours. Quoi qu'il en soit, il devait être longtemps impossible de s'en assurer directement.

En effet, quand le major Rodman fondit son canon de cent soixante mille livres, il ne fallut pas moins de quinze jours pour en opérer le refroidissement. Combien de temps, dès lors, la monstrueuse Columbiad, couronnée de ses tourbillons de vapeurs, et défendue par sa chaleur intense, allait-elle se dérober aux regards de ses admirateurs ? Il était difficile de le calculer.

L'impatience des membres du Gun-Club fut mise pendant ce laps de temps à une rude épreuve. Mais on n'y pouvait rien. J.-T. Maston faillit se rôtir par dévouement. Quinze jours après la fonte, un immense panache de fumée se dressait encore en plein ciel, et le sol brûlait les pieds dans un rayon de deux cents pas autour du sommet de Stone's-Hill.

Les jours s'écoulèrent, les semaines s'ajoutèrent l'une à l'autre. Nul moyen de refroidir l'immense cylindre. Impossible de s'en approcher. Il fallait attendre, et les membres du Gun-Club rongeaient leur frein.

« Nous voilà au 10 août, dit un matin J.-T. Maston. Quatre mois à peine nous séparent du premier décembre! Enlever le moule intérieur, calibrer l'âme de la pièce, charger la Columbiad, tout cela est à faire! Nous ne serons pas prêts! On ne peut seulement pas approcher du canon! Est-ce qu'il ne se refroidira jamais! Voilà qui serait une mystification cruelle! »

On essayait de calmer l'impatient secrétaire sans y parvenir, Barbicane ne disait rien, mais son silence cachait une sourde irritation. Se voir absolument arrêté par un obstacle dont le temps seul pouvait avoir raison, — le temps, un ennemi redoutable dans les circonstances, — et être à la discrétion d'un ennemi, c'était dur pour des gens de guerre.

Cependant des observations quotidiennes permirent de constater un certain changement dans l'état du sol. Vers le 15 août, les vapeurs projetées avaient diminué notablement d'intensité et d'épaisseur. Quelques jours après, le terrain n'exhalait plus qu'une légère buée, dernier souffle du monstre enfermé dans son cercueil de pierre. Peu à peu les tressaillements du sol vinrent à s'apaiser, et le cercle de calorique se restreignit; les plus impatients des spectateurs se rapprochèrent; un jour on gagna deux toises; le lendemain, quatre; et, le 22 août, Barbicane, ses collègues, l'ingénieur, purent prendre place sur la nappe de fonte qui effleurait le sommet de Stone's-Hill, un endroit fort hygiénique, à coup sûr, où il n'était pas encore permis d'avoir froid aux pieds.

« Enfin ! » s'écria le président du Gun-Club avec un immense soupir de satisfaction.

Les travaux furent repris le même jour. On procéda immédiatement à l'extraction du moule intérieur, afin de dégager l'âme de la pièce ; le pic, la pioche, les outils à tarauder fonctionnèrent sans relâche ; la terre argileuse et le sable avaient acquis une extrême dureté sous l'action de la chaleur ; mais, les machines aidant, on eut raison de ce mélange encore brûlant au contact des parois de fonte ; les matériaux extraits furent rapidement enlevés sur des chariots mus à la vapeur, et l'on fit si bien, l'ardeur au travail fut telle, l'intervention de Barbicane si pressante, et ses arguments présentés avec une si grande force sous la forme de dollars, que, le 3 septembre, toute trace du moule avait disparu.

Immédiatement l'opération de l'alésage commença ; les machines furent installées sans retard et manœuvrèrent rapidement de puissants alésoirs dont le tranchant vint mordre les rugosités de la fonte. Quelques semaines plus tard, la surface intérieure de l'immense tube était parfaitement cylindrique, et l'âme de la pièce avait acquis un poli parfait.

Enfin, le 22 septembre, moins d'un an après la communication Barbicane, l'énorme engin, rigoureusement calibré et d'une verticalité absolue, relevée au moyen d'instruments délicats, fut prêt à fonctionner. Il n'y avait plus que la Lune à attendre, mais on était sûr qu'elle ne manquerait pas au rendez-vous.

La joie de J.-T. Maston ne connut plus de bornes, et il faillit faire une chute effrayante, en plongeant ses regards dans le tube de neuf cents pieds. Sans le bras droit de Blomsberry, que le digne colonel avait heureusement conservé, le secrétaire du Gun-Club, comme un nouvel Érostrate, eût trouvé la mort dans les profondeurs de la Columbiad.

Le canon était donc terminé ; il n'y avait plus de doute possible sur sa parfaite exécution ; aussi, le 6 octobre, le capitaine Nicholl, quoi qu'il en eût, s'exécuta vis-à-vis du président Barbicane, et celui-ci inscrivit sur ses livres, à la colonne des recettes, une somme de deux mille dollars. On est autorisé à croire que la colère du capitaine fut poussée aux dernières limites et qu'il en fit une maladie. Cependant il avait encore trois paris de trois mille, quatre mille et cinq mille dollars, et pourvu qu'il en gagnât deux, son affaire n'était pas mauvaise, sans être excellente. Mais l'argent n'entrait point dans ses calculs, et le succès obtenu par son rival, dans la fonte d'un canon auquel des plaques de dix toises n'eussent pas résisté, lui portait un coup terrible.

Depuis le 23 septembre, l'enceinte de Stone's-Hill avait été largement ouverte au public, et ce que fut l'affluence des visiteurs se comprendra sans peine.

En effet, d'innombrables curieux, accourus de tous les points des États-Unis, convergeaient vers la Floride. La ville de Tampa s'était prodigieusement accrue pendant cette année, consacrée tout entière aux travaux du Gun-Club, et elle comptait alors une population de cent cinquante mille âmes. Après avoir englobé le fort Brooke dans un réseau de rues, elle s'allongeait maintenant sur cette langue de terre qui sépare les deux rades de la baie d'Espiritu-Santo ; des quartiers neufs, des places nouvelles, toute une forêt de maisons, avaient poussé sur ces grèves naguère désertes, à la chaleur du soleil américain. Des compagnies s'étaient fondées pour l'érection d'églises, d'écoles, d'habitations particulières, et en moins d'un an l'étendue de la ville fut décuplée.

On sait que les Yankees sont nés commerçants ; partout où le sort les jette, de la zone glacée à la zone torride, il faut que leur instinct des affaires s'exerce utilement. C'est pourquoi de simples curieux, des gens venus en Floride dans l'unique but de suivre les opérations du Gun-Club, se laissèrent entraîner aux opérations commerciales dès qu'ils furent installés à Tampa. Les navires frétés pour le transportement du matériel et des ouvriers avaient donné au port une activité sans pareille. Bientôt d'autres bâtiments, de toute forme et de tout tonnage, chargés de vivres, d'approvisionnements, de marchandises, sillonnèrent la baie et les deux rades ; de vastes comptoirs d'armateurs, des offices de courtiers s'établirent dans la ville, et la *Shipping Gazette* enregistra chaque jour des arrivages nouveaux au port de Tampa.

Tandis que les routes se multipliaient

autour de la ville, celle-ci, en considération du prodigieux accroissement de sa population et de son commerce, fut enfin reliée par un chemin de fer aux États méridionaux de l'Union. Un railway rattacha la Mobile à Pensacola, le grand arsenal maritime du Sud; puis, de ce point important, il se dirigea sur Tallahassee. Là existait déjà un petit tronçon de voie ferrée, long de vingt et un milles, par lequel Tallahassee se mettait en communication avec Saint-Marks, sur les bords de la mer. Ce fut ce bout de road-way qui fut prolongé jusqu'à Tampa-Town, en vivifiant sur son passage et en réveillant les portions mortes ou endormies de la Floride centrale. Aussi Tampa, grâce à ces merveilles de l'industrie dues à l'idée éclose un beau jour dans le cerveau d'un homme, put prendre à bon droit les airs d'une grande ville. On l'avait surnommée « Moon-City » et la capitale des Florides subissait une éclipse totale, visible de tous les points du monde.

Chacun comprendra maintenant pourquoi la rivalité fut si grande entre le Texas et la Floride, et l'irritation des Texiens quand ils se virent déboutés de leurs prétentions par le choix du Gun-Club. Dans leur sagacité prévoyante, ils avaient compris ce qu'un pays devait gagner à l'expérience tentée par Barbicane et le bien dont un semblable coup de canon serait accompagné. Le Texas y perdait un vaste centre de commerce, des chemins de fer et un accroissement considérable de population. Tous ces avantages retournaient à cette misérable presqu'île floridienne, jetée comme une estacade entre les flots du golfe et les vagues de l'océan Atlantique. Aussi, Barbicane partageait-il avec le général Santa-Ana toutes les antipathies texiennes.

Cependant, quoique livrée à sa furie commerciale et à sa fougue industrielle, la nouvelle population de Tampa-Town n'eut garde d'oublier les intéressantes opérations du Gun-Club. Au contraire. Les plus minces détails de l'entreprise, le moindre coup de pioche, la passionnèrent. Ce fut un va-et-vient incessant entre la ville et Stone's-Hill, une procession, mieux encore, un pèlerinage.

On pouvait déjà prévoir que, le jour de l'expérience, l'agglomération des spectateurs se chiffrerait par millions, car ils venaient déjà de tous les points de la terre s'accumuler sur l'étroite presqu'île. L'Europe émigrait en Amérique.

Mais jusque-là, il faut le dire, la curiosité de ces nombreux arrivants n'avait été que médiocrement satisfaite. Beaucoup comptaient sur le spectacle de la fonte, qui n'en eurent que les fumées. C'était peu pour des yeux avides; mais Barbicane ne voulut admettre personne à cette opération. De là maugréement, mécontentement, murmures; on blâma le président; on le taxa d'absolutisme; son procédé fut déclaré « peu américain ». Il y eut presque une émeute autour des palissades de Stone's-Hill. Barbicane, on le sait, resta inébranlable dans sa décision.

Mais, lorsque la Columbiad fut entièrement

terminée, le huis clos ne put être maintenu ; il
y aurait eu mauvaise grâce, d'ailleurs, à fer-
mer ses portes, pis même, imprudence à
mécontenter les sentiments publics. Barbicane ouvrit donc son enceinte à tout venant ;
cependant, poussé par son esprit pratique, il
résolut de battre monnaie sur la curiosité
publique.

C'était beaucoup de contempler l'immense
Columbiad, mais descendre dans ses profondeurs, voilà ce qui semblait aux Américains
être le *nec plus ultra* du bonheur en ce monde.
Aussi pas un curieux qui ne voulût se donner
la jouissance de visiter intérieurement cet
abîme de métal. Des appareils, suspendus à
un treuil à vapeur, permirent aux spectateurs
de satisfaire leur curiosité. Ce fut une fureur.
Femmes, enfants, vieillards, tous se firent un
devoir de pénétrer jusqu'au fond de l'âme les
mystères du canon colossal. Le prix de la des-
cente fut fixé à cinq dollars par personne, et,
malgré son élévation, pendant les deux mois
qui précédèrent l'expérience, l'affluence des
visiteurs permit au Gun-Club d'encaisser près
de cinq cent mille dollars.

Inutile de dire que les premiers visiteurs de
la Columbiad furent les membres du Gun-
Club, avantage justement réservé à l'illustre
assemblée. Cette solennité eut lieu le 25 septembre. Une caisse d'honneur descendit le
président Barbicane, J.-T. Maston, le major
Elphiston, le général Morgan, le colonel
Blomsberry, l'ingénieur Murchison et d'autres
membres distingués du célèbre club. En tout,

une dizaine. Il faisait encore bien chaud au fond de ce long tube de métal. On y étouffait un peu! Mais quelle joie! quel ravissement! Une table de dix couverts avait été dressée sur le massif de pierre qui supportait la Columbiad éclairée *a giorno* par un jet de lumière électrique. Des plats exquis et nombreux, qui semblaient descendre du ciel, vinrent se placer successivement devant les convives, et les meilleurs vins de France coulèrent à profusion pendant ce repas splendide servi à neuf cents pieds sous terre.

Le festin fut très animé et même très bruyant; des toasts nombreux s'entrecroisèrent; on but au globe terrestre, on but à son satellite, on but au Gun-Club, on but à l'Union, à la Lune, à Phœbé, à Diane, à Séléné, à l'astre des nuits, à la « paisible courrière du firmament »! Tous ces hurrahs, portés sur les ondes sonores de l'immense tube acoustique, arrivaient comme un tonnerre à son extrémité, et la foule, rangée autour de Stone's-Hill, s'unissait de cœur et de cris aux dix convives enfouis au fond de la gigantesque Columbiad.

J.-T. Maston ne se possédait plus; s'il cria plus qu'il ne gesticula, s'il but plus qu'il ne mangea, c'est un point difficile à établir. En tout cas, il n'eût pas donné sa place pour un empire, « non, quand même le canon chargé amorcé, et faisant feu à l'instant, aurait dû l'envoyer par morceaux dans les espaces planétaires ».

XVII

UNE DÉPÊCHE TÉLÉGRAPHIQUE

Les grands travaux entrepris par le Gun-Club étaient, pour ainsi dire, terminés, et cependant, deux mois allaient encore s'écouler avant le jour où le projectile s'élancerait vers la Lune. Deux mois qui devaient paraître longs comme des années à l'impatience universelle ! Jusqu'alors les moindres détails de l'opération avaient été chaque jour reproduits par les journaux, que l'on dévorait d'un œil avide et passionné ; mais il était à craindre que, désormais, ce « dividende d'intérêt » distribué au public ne fût fort diminué, et chacun s'effrayait de n'avoir plus à toucher sa part d'émotions quotidiennes.

Il n'en fut rien ; l'incident le plus inattendu, le plus extraordinaire, le plus incroyable, le plus invraisemblable vint fanatiser à nouveau les esprits haletants et rejeter le monde entier sous le coup d'une poignante surexcitation.

Un jour, le 30 septembre, à trois heures quarante-sept minutes du soir, un télégramme, transmis par le câble immergé entre Valentia (Irlande), Terre-Neuve et la côte américaine, arriva à l'adresse du président Barbicane.

Le président Barbicane rompit l'enveloppe, lut la dépêche, et, quel que fût son pouvoir sur lui-même, ses lèvres pâlirent, ses yeux se troublèrent à la lecture des vingt mots de ce télégramme.

Voici le texte de cette dépêche, qui figure maintenant aux archives du Gun-Club :

FRANCE, PARIS.

30 septembre, 4 h matin.

> *Barbicane, Tampa, Floride,*
> *États-Unis.*

Remplacez obus sphérique par projectile cylindroconique. Partirai dedans. Arriverai par steamer Atlanta.

MICHEL ARDAN.

XVIII

LE PASSAGER DE L'« ATLANTA »

Si cette foudroyante nouvelle, au lieu de voler sur les fils électriques, fût arrivée simplement par la poste et sous enveloppe cachetée, si les employés français, irlandais, terre-neuviens, américains n'eussent pas été nécessairement dans la confidence du télégraphe, Barbicane n'aurait pas hésité un seul instant. Il se serait tu par mesure de prudence et pour ne pas déconsidérer son œuvre. Ce télégramme pouvait cacher une mystification, venant d'un Français surtout. Quelle apparence qu'un homme quelconque fût assez audacieux pour concevoir seulement l'idée d'un pareil voyage ? Et si cet homme existait, n'était-ce pas un fou qu'il fallait enfermer dans un cabanon et non dans un boulet ?

Mais la dépêche était connue, car les appareils de transmission sont peu discrets de leur nature, et la proposition de Michel Ardan courait déjà les divers États de l'Union. Ainsi Barbicane n'avait plus aucune raison de se taire. Il réunit donc ses collègues présents à Tampa-Town, et sans laisser voir sa pensée, sans discuter le plus ou moins de créance que méritait le télégramme, il en lut froidement le texte laconique.

« Pas possible ! — C'est invraisemblable ! — Pure plaisanterie ! — On s'est moqué de nous ! — Ridicule ! — Absurde ! » Toute la série des expressions qui servent à exprimer le doute, l'incrédulité, la sottise, la folie, se déroula pendant quelques minutes, avec accompagnement des gestes usités en pareille circonstance. Chacun souriait, riait, haussait les épaules ou éclatait de rire, suivant sa disposition d'humeur. Seul, J.-T. Maston eut un mot superbe.

« C'est une idée, cela ! s'écria-t-il.

— Oui, lui répondit le major, mais s'il est quelquefois permis d'avoir des idées comme celle-là, c'est à la condition de ne pas même songer à les mettre à exécution.

— Et pourquoi pas ? » répliqua vivement le secrétaire du Gun-Club, prêt à discuter. Mais on ne voulut pas le pousser davantage.

Cependant le nom de Michel Ardan cir-

culait déjà dans la ville de Tampa. Les étrangers et les indigènes se regardaient, s'interrogeaient et plaisantaient, non pas cet
Européen, — un mythe, un individu chimérique, — mais J.-T. Maston, qui avait pu
croire à l'existence de ce personnage légendaire. Quand Barbicane proposa d'envoyer un
projectile à la Lune, chacun trouva l'entreprise naturelle, praticable, une pure affaire de
balistique ! Mais qu'un être raisonnable offrît
de prendre passage dans le projectile, de tenter ce voyage invraisemblable, c'était une proposition fantaisiste, une plaisanterie, une
farce, et, pour employer un mot dont les Français ont précisément la traduction exacte
dans leur langage familier, un « humbug » !

Les moqueries durèrent jusqu'au soir sans
discontinuer, et l'on peut affirmer que toute
l'Union fut prise d'un fou rire, ce qui n'est
guère habituel à un pays où les entreprises
impossibles trouvent volontiers des prôneurs,
des adeptes, des partisans.

Cependant la proposition de Michel Ardan,
comme toutes les idées nouvelles, ne laissait
pas de tracasser certains esprits. Cela dérangeait le cours des émotions accoutumées.
« On n'avait pas songé à cela ! » Cet incident
devint bientôt une obsession par son étrangeté même. On y pensait. Que de choses niées
la veille dont le lendemain a fait des réalités !
Pourquoi ce voyage ne s'accomplirait-il pas
un jour ou l'autre ? Mais, en tout cas, l'homme
qui voulait se risquer ainsi devait être fou, et
décidément, puisque son projet ne pouvait

être pris au sérieux, il eût mieux fait de se taire, au lieu de troubler toute une population par ses billevesées ridicules.

Mais, d'abord, ce personnage existait-il réellement ? Grande question ! Ce nom, « Michel Ardan », n'était pas inconnu à l'Amérique ! Il appartenait à un Européen fort cité pour ses entreprises audacieuses. Puis, ce télégramme lancé à travers les profondeurs de l'Atlantique, cette désignation du navire sur lequel le Français disait avoir pris passage, la date assignée à sa prochaine arrivée, toutes ces circonstances donnaient à la proposition un certain caractère de vraisemblance. Il fallait en avoir le cœur net. Bientôt les individus isolés se formèrent en groupes, les groupes se condensèrent sous l'action de la curiosité comme des atomes en vertu de l'attraction moléculaire, et, finalement, il en résulta une foule compacte, qui se dirigea vers la demeure du président Barbicane.

Celui-ci, depuis l'arrivée de la dépêche, ne s'était pas prononcé ; il avait laissé l'opinion de J.-T. Maston se produire, sans manifester ni approbation ni blâme ; il se tenait coi, et se proposait d'attendre les événements ; mais il comptait sans l'impatience publique, et vit d'un œil peu satisfait la population de Tampa s'amasser sous ses fenêtres. Bientôt des murmures, des vociférations, l'obligèrent à paraître. On voit qu'il avait tous les devoirs et, par conséquent, tous les ennuis de la célébrité.

Il parut donc ; le silence se fit, et un citoyen,

prenant la parole, lui posa carrément la question suivante : « Le personnage désigné dans la dépêche sous le nom de Michel Ardan est-il en route pour l'Amérique, oui ou non ?

— Messieurs, répondit Barbicane, je ne le sais pas plus que vous.

— Il faut le savoir, s'écrièrent des voix impatientes.

— Le temps nous l'apprendra, répondit froidement le président.

— Le temps n'a pas le droit de tenir en suspens un pays tout entier, reprit l'orateur. Avez-vous modifié les plans du projectile, ainsi que le demande le télégramme ?

— Pas encore, messieurs ; mais, vous avez raison, il faut savoir à quoi s'en tenir ; le télégraphe, qui a causé toute cette émotion, voudra bien compléter ses renseignements.

— Au télégraphe ! au télégraphe ! » s'écria la foule.

Barbicane descendit, et, précédant l'immense rassemblement, il se dirigea vers les bureaux de l'administration.

Quelques minutes plus tard, une dépêche était lancée au syndic des courtiers de navires à Liverpool. On demandait une réponse aux questions suivantes :

« Qu'est-ce que le navire l'*Atlanta* ? — Quand a-t-il quitté l'Europe ? — Avait-il à son bord un Français nommé Michel Ardan ? »

Deux heures après, Barbicane recevait des renseignements d'une précision qui ne laissait plus place au moindre doute.

« Le steamer l'*Atlanta*, de Liverpool, a pris

la mer le 2 octobre, — faisant voile pour Tampa-Town, — ayant à son bord un Français, porté au livre des passagers sous le nom de Michel Ardan. »

A cette confirmation de la première dépêche, les yeux du président brillèrent d'une flamme subite, ses poings se fermèrent violemment, et on l'entendit murmurer :

« C'est donc vrai! c'est donc possible! ce Français existe! et dans quinze jours il sera ici! Mais c'est un fou! un cerveau brûlé!... Jamais je ne consentirai... »

Et cependant, le soir même, il écrivit à la maison Breadwill and Cº, en la priant de suspendre jusqu'à nouvel ordre la fonte du projectile.

Maintenant, raconter l'émotion dont fut prise l'Amérique tout entière; comment l'effet de la communication Barbicane fut dix fois dépassé; ce que dirent les journaux de l'Union, la façon dont ils acceptèrent la nouvelle et sur quel mode ils chantèrent l'arrivée de ce héros du vieux continent; peindre l'agitation fébrile dans laquelle chacun vécut, comptant les heures, comptant les minutes, comptant les secondes; donner une idée, même affaiblie, de cette obsession fatigante de tous les cerveaux maîtrisés par une pensée unique; montrer les occupations cédant à une seule préoccupation, les travaux arrêtés, le commerce suspendu, les navires prêts à partir restant affourchés dans le port pour ne pas manquer l'arrivée de l'*Atlanta*, les convois arrivant pleins et retournant vides, la baie d'Espiritu-Santo incessamment sillonnée par les steamers, les packets-boats, les yachts de plaisance, les fly-boats de toutes dimensions ; dénombrer ces milliers de curieux qui quadruplèrent en quinze jours la population de Tampa-Town et durent camper sous des tentes comme une armée en campagne, c'est une tâche au-dessus des forces humaines et qu'on ne saurait entreprendre sans témérité.

Le 20 octobre, à neuf heures du matin, les sémaphores du canal de Bahama signalèrent une épaisse fumée à l'horizon. Deux heures plus tard, un grand steamer échangeait avec eux des signaux de reconnaissance. Aussitôt le nom de l'*Atlanta* fut expédié à Tampa-Town. A quatre heures, le navire anglais donnait dans la rade d'Espiritu-Santo. A cinq, il franchissait les passes de la rade Hillisboro à toute vapeur. A six, il mouillait dans le port de Tampa.

L'ancre n'avait pas encore mordu le fond de sable, que cinq cents embarcations entouraient l'*Atlanta*, et le steamer était pris d'assaut. Barbicane, le premier, franchit les bastingages, et d'une voix dont il voulait en vain contenir l'émotion :

« Michel Ardan ! s'écria-t-il.

— Présent ! » répondit un individu monté sur la dunette.

Barbicane, les bras croisés, l'œil interrogateur, la bouche muette, regarda fixement le passager de l'*Atlanta*.

C'était un homme de quarante-deux ans, grand, mais un peu voûté déjà, comme ces

cariatides qui portent des balcons sur leurs
épaules. Sa tête forte, véritable hure de lion,
secouait par instants une chevelure ardente
qui lui faisait une véritable crinière. Une face
courte, large aux tempes, agrémentée d'une
moustache hérissée comme les barbes d'un
chat et de petits bouquets de poils jaunâtres
poussés en pleines joues, des yeux ronds un
peu égarés, un regard de myope, complétaient
cette physionomie éminemment féline. Mais
le nez était d'un dessin hardi, la bouche particulièrement humaine, le front haut, intel-
ligent et sillonné comme un champ qui ne
reste jamais en friche. Enfin un torse fortement développé et posé d'aplomb sur de
longues jambes, des bras musculeux, leviers
puissants et bien attachés, une allure décidée,
faisaient de cet Européen un gaillard solidement bâti, « plutôt forgé que fondu », pour
emprunter une de ses expressions à l'art
métallurgique.

Les disciples de Lavater ou de Gratiolet
eussent déchiffré sans peine sur le crâne et la
physionomie de ce personnage les signes
indiscutables de la combativité, c'est-à-dire
du courage dans le danger et de la tendance à
briser les obstacles ; ceux de la bienveillance
et ceux de la merveillosité, instinct qui porte
certains tempéraments à se passionner pour
les choses surhumaines ; mais, en revanche,
les bosses de l'acquisivité, ce besoin de posséder et d'acquérir, manquaient absolument.

Pour achever le type physique du passager
de l'*Atlanta*, il convient de signaler ses vête-

ments larges de forme, faciles d'entournures, son pantalon et son paletot d'une ampleur d'étoffe telle que Michel Ardan se surnommait lui-même « la mort au drap », sa cravate lâche, son col de chemise libéralement ouvert, d'où sortait un cou robuste, et ses manchettes invariablement déboutonnées, à travers lesquelles s'échappaient des mains fébriles. On sentait que, même au plus fort des hivers et des dangers, cet homme-là n'avait jamais froid, — pas même aux yeux.

D'ailleurs, sur le pont du steamer, au milieu de la foule, il allait, venait, ne restant jamais en place, « chassant sur ses ancres », comme disaient les matelots, gesticulant, tutoyant tout le monde et rongeant ses ongles avec une avidité nerveuse. C'était un de ces originaux que le Créateur invente dans un moment de fantaisie et dont il brise aussitôt le moule.

En effet, la personnalité morale de Michel Ardan offrait un large champ aux observations de l'analyste. Cet homme étonnant vivait dans une perpétuelle disposition à l'hyperbole et n'avait pas encore dépassé l'âge des superlatifs : les objets se peignaient sur la rétine de son œil avec des dimensions démesurées ; de là une association d'idées gigantesques ; il voyait tout en grand, sauf les difficultés et les hommes.

C'était d'ailleurs une luxuriante nature, un artiste d'instinct, un garçon spirituel, qui ne faisait pas un feu roulant de bons mots, mais s'escrimait plutôt en tirailleur. Dans les discussions, peu soucieux de la logique, rebelle au syllogisme, qu'il n'eût jamais inventé, il avait des coups à lui. Véritable casseur de vitres, il lançait en pleine poitrine des arguments *ad hominem* d'un effet sûr, et il aimait à défendre du bec et des pattes les causes désespérées.

Entre autres manies, il se proclamait « un ignorant sublime », comme Shakespeare, et faisait profession de mépriser les savants : « des gens, disait-il, qui ne font que marquer les points quand nous jouons la partie ». C'était, en somme, un bohémien du pays des monts et merveilles, aventureux, mais non pas aventurier, un casse-cou, un Phaéton menant à fond de train le char du Soleil, un Icare avec des ailes de rechange. Du reste, il payait de sa personne et payait bien, il se jetait tête levée dans les entreprises folles, il brûlait ses vaisseaux avec plus d'entrain qu'Agathoclès, et, prêt à se faire casser les reins à toute heure, il finissait invariablement par retomber sur ses pieds, comme ces petits cabotins en moelle de sureau dont les enfants s'amusent.

En deux mots, sa devise était : *Quand même !* et l'amour de l'impossible sa « ruling passion », suivant la belle expression de Pope.

Mais aussi, comme ce gaillard entreprenant avait bien les défauts de ses qualités ! Qui ne risque rien n'a rien, dit-on. Ardan risqua souvent et n'avait pas davantage ! C'était un bourreau d'argent, un tonneau des Danaïdes. Homme parfaitement désintéressé, d'ailleurs, il faisait autant de coups de cœur que de coups de tête ; secourable, chevaleresque, il n'eût pas signé le « bon à pendre » de son plus cruel ennemi, et se serait vendu comme esclave pour racheter un Nègre.

En France, en Europe, tout le monde le connaissait, ce personnage brillant et bruyant. Ne faisait-il pas sans cesse parler de lui par les cent voix de la Renommée enrouées à son service ? Ne vivait-il pas dans une maison de verre, prenant l'univers entier pour confident de ses plus intimes secrets ? Mais aussi possédait-il une admirable collection d'ennemis, parmi ceux qu'il avait plus ou moins froissés, blessés, culbutés sans merci, en jouant des coudes pour faire sa trouée dans la foule.

Cependant on l'aimait généralement, on le traitait en enfant gâté. C'était, suivant l'expression populaire, « un homme à prendre ou à laisser », et on le prenait. Chacun s'intéressait à ses hardies entreprises et le suivait d'un regard inquiet. On le savait si imprudemment audacieux ! Lorsque quelque ami voulait l'arrêter en lui prédisant une catastrophe prochaine : « La forêt n'est brûlée que par ses propres arbres », répondait-il avec un aimable sourire, et sans se douter qu'il citait le plus joli de tous les proverbes arabes.

Tel était ce passage de l'*Atlanta*, toujours agité, toujours bouillant sous l'action d'un feu intérieur, toujours ému, non de ce qu'il venait faire en Amérique — il n'y pensait même pas —, mais par l'effet de son organisation fiévreuse. Si jamais individus offrirent un contraste frappant, ce furent bien le Français Michel Ardan et le Yankee Barbicane, tous les deux, cependant, entreprenants, hardis, audacieux à leur manière.

La contemplation à laquelle s'abandonnait le président du Gun-Club en présence de ce rival qui venait le reléguer au second plan fut vite interrompue par les hurrahs et les vivats de la foule. Ces cris devinrent même si frénétiques, et l'enthousiasme prit des formes tellement personnelles, que Michel Ardan, après avoir serré un millier de mains dans lesquelles il faillit laisser ses dix doigts, dut se réfugier dans sa cabine.

Barbicane le suivit sans avoir prononcé une parole.

« Vous êtes Barbicane ? lui demanda Michel Ardan, dès qu'ils furent seuls et du ton dont il eût parlé à un ami de vingt ans.

— Oui, répondit le président du Gun-Club.

— Eh bien ! bonjour, Barbicane. Comment cela va-t-il ? Très bien ? Allons tant mieux ! tant mieux !

— Ainsi, dit Barbicane, sans autre entrée en matière, vous êtes décidé à partir ?

— Absolument décidé.

— Rien ne vous arrêtera ?

— Rien. Avez-vous modifié votre projectile ainsi que l'indiquait ma dépêche ?

— J'attendais votre arrivée. Mais, demanda Barbicane en insistant de nouveau, vous avez bien réfléchi ?...

— Réfléchi ! est-ce que j'ai du temps à perdre ? Je trouve l'occasion d'aller faire un tour dans la Lune, j'en profite, et voilà tout. Il me semble que cela ne mérite pas tant de réflexions. »

Barbicane dévorait du regard cet homme qui parlait de son projet de voyage avec une légèreté, une insouciance si complète et une si parfaite absence d'inquiétudes.

« Mais au moins, lui dit-il, vous avez un plan, des moyens d'exécution ?

— Excellents, mon cher Barbicane. Mais permettez-moi de vous faire une observation : j'aime autant raconter mon histoire une bonne fois, à tout le monde, et qu'il n'en soit plus question. Cela évitera des redites. Donc, sauf meilleur avis, convoquez vos amis, vos collègues, toute la ville, toute la Floride, toute l'Amérique, si vous voulez, et demain je serai prêt à développer mes moyens comme à répondre aux objections quelles qu'elles soient. Soyez tranquille, je les attendrai de pied ferme. Cela vous va-t-il ?

— Cela me va », répondit Barbicane.

Sur ce, le président sortit de la cabine et fit part à la foule de la proposition de Michel Ardan. Ses paroles furent accueillies avec des trépignements et des grognements de joie. Cela coupait court à toute difficulté. Le lendemain chacun pourrait contempler à son aise le héros européen. Cependant certains spectateurs des plus entêtés ne voulurent pas quitter le pont de l'*Atlanta* ; ils passèrent la nuit à bord. Entre autres, J.-T. Maston avait vissé son crochet dans la lisse de la dunette, et il aurait fallu un cabestan pour l'en arracher.

« C'est un héros! un héros! s'écriait-il sur tous les tons, et nous ne sommes que des femmelettes auprès de cet Européen-là! »

Quant au président, après avoir convié les visiteurs à se retirer, il rentra dans la cabine du passager, et il ne la quitta qu'au moment où la cloche du steamer sonna le quart de minuit.

Mais alors les deux rivaux en popularité se serraient chaleureusement la main, et Michel Ardan tutoyait le président Barbicane.

XIX

UN MEETING

Le lendemain, l'astre du jour se leva bien tard au gré de l'impatience publique. On le trouva paresseux, pour un Soleil qui devait éclairer une semblable fête. Barbicane, craignant les questions indiscrètes pour Michel Ardan, aurait voulu réduire ses auditeurs à un petit nombre d'adeptes, à ses collègues, par exemple. Mais autant essayer d'endiguer le Niagara. Il dut donc renoncer à ses projets et laisser son nouvel ami courir les chances d'une conférence publique. La nouvelle salle de la Bourse de Tampa-Town, malgré ses dimensions colossales, fut jugée insuffisante pour la cérémonie, car la réunion projetée

prenait les proportions d'un véritable meeting.

Le lieu choisit fut une vaste plaine située en
dehors de la ville; en quelques heures on parvint à l'abriter contre les rayons du soleil; les
navires du port riches en voiles, en agrès, en
mâts de rechange, en vergues, fournirent les
accessoires nécessaires à la construction
d'une tente colossale. Bientôt un immense
ciel de toile s'étendit sur la prairie calcinée et
la défendit des ardeurs du jour. Là trois cent
mille personnes trouvèrent place et bravèrent
pendant plusieurs heures une température
étouffante, en attendant l'arrivée du Français.
De cette foule de spectateurs, un premier tiers
pouvait voir et entendre; un second tiers
voyait mal et n'entendait pas; quant au troisième, il ne voyait rien et n'entendait pas
davantage. Ce ne fut cependant pas le moins
empressé à prodiguer ses applaudissements.

A trois heures, Michel Ardan fit son apparition, accompagné des principaux membres du
Gun-Club. Il donnait le bras droit au président Barbicane, et le bras gauche à
J.-T. Maston, plus radieux que le Soleil en
plein midi, et presque aussi rutilant. Ardan
monta sur une estrade, du haut de laquelle ses
regards s'étendaient sur un océan de cha-
peaux noirs. Il ne paraissait aucunement
embarrassé; il ne posait pas; il était là comme
chez lui, gai, familier, aimable. Aux hurrahs
qui l'accueillirent il répondit par un salut gracieux; puis, de la main, réclama le silence,
silence, il prit la parole en anglais, et
s'exprima fort correctement en ces termes :

« Messieurs, dit-il, bien qu'il fasse très chaud, je vais abuser de vos moments pour vous donner quelques explications sur des projets qui ont paru vous intéresser. Je ne suis ni un orateur ni un savant, et je ne comptais point parler publiquement; mais mon ami Barbicane m'a dit que cela vous ferait plaisir, et je me suis dévoué. Donc, écoutez-moi avec vos six cent mille oreilles, et veuillez excuser les fautes de l'auteur. »

Ce début sans façon fut fort goûté des assistants, qui exprimèrent leur contentement par un immense murmure de satisfaction.

« Messieurs, dit-il, aucune marque d'approbation ou d'improbation n'est interdite. Ceci convenu, je commence. Et d'abord, ne l'oubliez pas, vous avez affaire à un ignorant, mais son ignorance va si loin qu'il ignore même les difficultés. Il lui a donc paru que c'était chose simple, naturelle, facile, de prendre passage dans un projectile et de partir pour la Lune. Ce voyage-là devait se faire tôt ou tard, et quant au mode de locomotion adopté, il suit tout simplement la loi du progrès. L'homme a commencé par voyager à quatre pattes, puis, un beau jour, sur deux pieds, puis en charrette, puis en coche, puis en patache, puis en diligence, puis en chemin de fer; eh bien! le projectile est la voiture de l'avenir, et, à vrai dire, les planètes ne sont que des projectiles, de simples boulets de canon lancés par la main du Créateur. Mais revenons à notre véhicule. Quelques-uns de vous, messieurs, ont pu croire que la vitesse

qui lui sera imprimée est excessive ; il n'en est
rien ; tous les astres l'emportent en rapidité, et
la Terre elle-même, dans son mouvement de
translation autour du Soleil, nous entraîne
trois fois plus rapidement. Voici quelques
exemples. Seulement, je vous demande la permission de m'exprimer en lieues, car les
mesures américaines ne me sont pas très
familières, et je craindrais de m'embrouiller
dans mes calculs. »

La demande parut toute simple et ne souf-
frit aucune difficulté. L'orateur reprit son discours :

« Voici, messieurs, la vitesse des différentes
planètes. Je suis obligé d'avouer que, malgré
mon ignorance, je connais fort exactement ce
petit détail astronomique ; mais avant deux
minutes vous serez aussi savants que moi.
Apprenez donc que Neptune fait cinq mille
lieues à l'heure ; Uranus, sept mille ; Saturne,
huit mille huit cent cinquante-huit ; Jupiter,
onze mille six cent soixante-quinze ; Mars,
vingt-deux mille onze ; la Terre, vingt-sept
mille cinq cents ; Vénus, trente-deux mille
cent quatre-vingt-dix ; Mercure, cinquante-
deux mille cinq cent vingt ; certaines comètes,
quatorze cent mille lieues dans leur périhélie !
Quant à nous, véritables flâneurs, gens peu
pressés, notre vitesse ne dépassera pas neuf
mille neuf cents lieues, et elle ira toujours en
décroissant ! Je vous demande s'il y a là de
quoi s'extasier, et n'est-il pas évident que tout
cela sera dépassé quelque jour par des
vitesses plus grandes encore, dont la lumière

ou l'électricité seront probablement les agents mécaniques ? »

Personne ne parut mettre en doute cette affirmation de Michel Ardan.

« Mes chers auditeurs, reprit-il, à en croire certains esprits bornés — c'est le qualificatif qui leur convient —, l'humanité serait renfermée dans un cercle de Popilius qu'elle ne saurait franchir, et condamnée à végéter sur ce globe sans jamais pouvoir s'élancer dans les espaces planétaires ! Il n'en est rien ! On va aller à la Lune, on ira aux planètes, on ira aux étoiles, comme on va aujourd'hui de Liverpool à New York, facilement, rapidement, sûrement, et l'océan atmosphérique sera bientôt traversé comme les océans de la Lune ! La distance n'est qu'un mot relatif, et finira par être ramenée à zéro. »

L'assemblée, quoique très montée en faveur du héros français, resta un peu interdite devant cette audacieuse théorie. Michel Ardan parut le comprendre.

« Vous ne semblez pas convaincus, mes braves hôtes, reprit-il avec un aimable sourire. Eh bien ! raisonnons un peu. Savez-vous quel temps il faudrait à un train express pour atteindre la Lune ? Trois cents jours. Pas davantage. Un trajet de quatre-vingt-six mille quatre cent dix lieues, mais qu'est-ce que cela ? Pas même neuf fois le tour de la Terre, et il n'est point de marins ni de voyageurs un peu dégourdis qui n'aient fait plus de chemin pendant leur existence. Songez donc que je ne serai que quatre-vingt-dix-sept heures en route! Ah! vous vous figurez que la Lune est éloignée de la Terre et qu'il faut y regarder à deux fois avant de tenter l'aventure! Mais que diriez-vous donc s'il s'agissait d'aller à Neptune, qui gravite à onze cent quarante-sept millions de lieues du Soleil! Voilà un voyage que peu de gens pourraient faire, s'il coûtait seulement cinq sols par kilomètre! Le baron de Rothschild lui-même, avec son milliard, n'aurait pas de quoi payer sa place, et faute de cent quarante-sept millions, il resterait en route! »

Cette façon d'argumenter parut beaucoup plaire à l'assemblée; d'ailleurs Michel Ardan, plein de son sujet, s'y lançait à corps perdu avec un entrain superbe; il se sentait avidement écouté, et reprit avec une admirable assurance :

« Eh bien! mes amis, cette distance de Neptune au Soleil n'est rien encore, si on la compare à celle des étoiles; en effet, pour évaluer l'éloignement de ces astres, il faut entrer dans cette numération éblouissante où le plus petit nombre a neuf chiffres, et prendre le milliard pour unité. Je vous demande pardon d'être si ferré sur cette question, mais elle est d'un intérêt palpitant. Écoutez et jugez! Alpha du Centaure est à huit mille milliards de lieues, Véga à cinquante mille milliards, Sirius à cinquante mille milliards, Arcturus à cinquante-deux mille milliards, la Polaire à cent dix-sept mille milliards, la Chèvre à cent soixante-dix mille milliards, les autres étoiles à des mille et des millions et des milliards de milliards de lieues ! Et l'on viendrait parler de la distance qui sépare les planètes du Soleil ! Et l'on soutiendrait que cette distance existe ! Erreur ! fausseté ! aberration des sens ! Savez-vous ce que je pense de ce monde qui commence à l'astre radieux et finit à Neptune ? Voulez-vous connaître ma théorie ? Elle est bien simple ! Pour moi, le monde solaire est un corps solide, homogène ; les planètes qui le composent se pressent, se touchent, adhèrent, et l'espace existant entre elles n'est que l'espace qui sépare les molécules du métal le plus compacte, argent ou fer, or ou platine ! J'ai donc le droit d'affirmer, et je répète avec une conviction qui vous pénétrera tous : « La distance est un vain mot, la distance n'existe pas ! »

— Bien dit ! Bravo ! Hurrah ! s'écria d'une seule voix l'assemblée électrisée par le geste, par l'accent de l'orateur, par la hardiesse de ses conceptions.

— Non ! s'écria J.-T. Maston plus énergiquement que les autres, la distance n'existe pas ! »

Et, emporté par la violence de ses mouvements, par l'élan de son corps qu'il eut peine à maîtriser, il faillit tomber du haut de l'estrade sur le sol. Mais il parvint à retrouver son équilibre, et il évita une chute qui lui eût brutalement prouvé que la distance n'était pas un vain mot. Puis le discours de l'entraînant orateur reprit son cours.

« Mes amis, dit Michel Ardan, je pense que cette question est maintenant résolue. Si je ne vous ai pas convaincus tous, c'est que j'ai été timide dans mes démonstrations, faible dans mes arguments, et il faut en accuser l'insuffisance de mes études théoriques. Quoi qu'il en soit, je vous le répète, la distance de la Terre à son satellite est réellement peu importante et indigne de préoccuper un esprit sérieux. Je ne crois donc pas trop m'avancer en disant qu'on établira prochainement des trains de projectiles, dans lesquels se fera commodément le voyage de la Terre à la Lune. Il n'y aura ni choc, ni secousse, ni déraillement à craindre, et l'on atteindra le but rapidement, sans fatigue, en ligne droite, « à vol d'abeille », pour parler le langage de vos trappeurs. Avant vingt ans, la moitié de la Terre aura visité la Lune !

— Hurrah ! hurrah pour Michel Ardan ! s'écrièrent les assistants, même les moins convaincus.

— Hurrah pour Barbicane ! » répondit modestement l'orateur.

Cet acte de reconnaissance envers le promoteur de l'entreprise fut accueilli par d'unanimes applaudissements.

« Maintenant, mes amis, reprit Michel Ardan, si vous avez quelque question à m'adresser, vous embarrasserez évidemment un pauvre homme comme moi, mais je tâcherai cependant de vous répondre. »

Jusqu'ici, le président du Gun-Club avait lieu d'être très satisfait de la tournure que prenait la discussion. Elle portait sur ces théories spéculatives dans lesquelles Michel

Ardan, entraîné par sa vive imagination, se montrait fort brillant. Il fallait donc l'empêcher de dévier vers les questions pratiques, dont il se fût moins bien tiré, sans doute. Barbicane se hâta de prendre la parole, et il demanda à son nouvel ami s'il pensait que la Lune ou les planètes fussent habitées.

« C'est un grand problème que tu me poses là, mon digne président, répondit l'orateur en souriant; cependant, si je ne me trompe, des hommes de grande intelligence, Plutarque, Swedenborg, Bernardin de Saint-Pierre et beaucoup d'autres se sont prononcés pour l'affirmative. En me plaçant au point de vue de la philosophie naturelle, je serais porté à penser comme eux; je me dirais que rien d'inutile n'existe en ce monde, et, répondant à ta question par une autre question, ami Barbicane, j'affirmerais que si les mondes sont habitables, ou ils sont habités, ou ils l'ont été, ou ils le seront.

— Très bien! s'écrièrent les premiers rangs des spectateurs, dont l'opinion avait force de loi pour les derniers.

— On ne peut répondre avec plus de logique et de justesse, dit le président du Gun-Club. La question revient donc à celle-ci : Les mondes sont-ils habitables? Je le crois, pour ma part.

— Et moi, j'en suis certain, répondit Michel Ardan.

— Cependant, répliqua l'un des assistants, il y a des arguments contre l'habitabilité des mondes. Il faudrait évidemment dans la plupart que les principes de la vie fussent modifiés. Ainsi, pour ne parler que des planètes, on doit être brûlé dans les unes et gelé dans les autres, suivant qu'elles sont plus ou moins éloignées du Soleil.

— Je regrette, répondit Michel Ardan, de ne pas connaître personnellement mon honorable contradicteur, car j'essaierais de lui répondre. Son objection a sa valeur, mais je crois qu'on peut la combattre avec quelque succès, ainsi que toutes celles dont l'habitabilité des mondes a été l'objet. Si j'étais physicien, je dirais que, s'il y a moins de calorique mis en mouvement dans les planètes voisines du Soleil, et plus, au contraire, dans les planètes éloignées, ce simple phénomène suffit pour équilibrer la chaleur et rendre la température de ces mondes supportable à des êtres organisés comme nous le sommes. Si j'étais naturaliste, je lui dirais, après beaucoup de savants illustres, que la nature nous fournit sur la terre des exemples d'animaux vivant dans des conditions bien diverses d'habitabilité ; que les poissons respirent dans un milieu mortel aux autres animaux ; que les amphibies ont une double existence assez difficile à expliquer ; que certains habitants des mers se maintiennent dans les couches d'une grande profondeur et y supportent sans être écrasés des pressions de cinquante ou soixante atmosphères ; que divers insectes aquatiques, insensibles à la température, se rencontrent à la fois dans les sources d'eau bouillante et dans les plaines glacées de l'océan Polaire ;

enfin, qu'il faut reconnaître à la nature une diversité dans ses moyens d'action souvent incompréhensible, mais non moins réelle, et qui va jusqu'à la toute-puissance. Si j'étais chimiste, je lui dirais que les aérolithes, ces corps évidemment formés en dehors du monde terrestre, ont révélé à l'analyse des traces indiscutables de carbone; que cette substance ne doit son origine qu'à des êtres organisés, et que, d'après les expériences de Reichenbach, elle a dû être nécessairement « animalisée ». Enfin, si j'étais théologien, je lui dirais que la Rédemption divine semble, suivant saint Paul, s'être appliquée non seulement à la Terre, mais à tous les mondes célestes. Mais je ne suis ni théologien, ni chimiste, ni naturaliste, ni physicien. Aussi, dans ma parfaite ignorance des grandes lois qui régissent l'univers, je me borne à répondre : Je ne sais pas si les mondes sont habités, et, comme je ne le sais pas, je vais y voir ! »

L'adversaire des théories de Michel Ardan hasarda-t-il d'autres arguments ? Il est impossible de le dire, car les cris frénétiques de la foule eussent empêché toute opinion de se faire jour. Lorsque le silence se fut rétabli jusque dans les groupes les plus éloignés, le triomphant orateur se contenta d'ajouter les considérations suivantes :

« Vous pensez bien, mes braves Yankees, qu'une si grande question est à peine effleurée par moi; je ne viens point vous faire ici un cours public et soutenir une thèse sur ce vaste

sujet. Il y a toute une autre série d'arguments
en faveur de l'habitabilité des mondes. Je la
laisse de côté. Permettez-moi seulement
d'insister sur un point. Aux gens qui sou-
tiennent que les planètes ne sont pas habitées,
il faut répondre : Vous pouvez avoir raison,
s'il est démontré que la Terre est le meilleur
des mondes possible, mais cela n'est pas, quoi
qu'en ait dit Voltaire. Elle n'a qu'un satellite,
quand Jupiter, Uranus, Saturne, Neptune, en
ont plusieurs à leur service, avantage qui n'est
point à dédaigner. Mais ce qui rend surtout
notre globe peu confortable, c'est l'inclinaison
de son axe sur son orbite. De là l'inégalité des
jours et des nuits ; de là cette diversité
fâcheuse des saisons. Sur notre malheureux
sphéroïde, il fait toujours trop chaud ou trop
froid ; on y gèle en hiver, on y brûle en été ;
c'est la planète aux rhumes, aux coryzas et
aux fluxions de poitrine, tandis qu'à la surface
de Jupiter, par exemple, où l'axe est très peu
incliné, les habitants pourraient jouir de températures invariables ; il y a la zone des prin-
temps, la zone des étés, la zone des automnes
et la zone des hivers perpétuels ; chaque
Jovien peut choisir le climat qui lui plaît et se
mettre pour toute sa vie à l'abri des variations
de la température. Vous conviendrez sans
peine de cette supériorité de Jupiter sur notre
planète, sans parler de ses années, qui durent
douze ans chacune ! De plus, il est évident
pour moi que, sous ces auspices et dans ces
conditions merveilleuses d'existence, les habitants de ce monde fortuné sont des êtres supé-

rieurs, que les savants y sont plus savants, que les artistes y sont plus artistes, que les méchants y sont moins méchants, et que les bons y sont meilleurs. Hélas! que manque-t-il à notre sphéroïde pour atteindre cette perfection? Peu de chose! Un axe de rotation moins incliné sur le plan de son orbite.

— Eh bien! s'écria une voix impétueuse, unissons nos efforts, inventons des machines et redressons l'axe de la Terre! »

Un tonnerre d'applaudissements éclata à cette proposition, dont l'auteur était et ne pouvait être que J.-T. Maston. Il est probable que le fougueux secrétaire avait été emporté par ses instincts d'ingénieur à hasarder cette hardie proposition. Mais, il faut le dire — car c'est la vérité —, beaucoup l'appuyèrent de leurs cris, et sans doute, s'ils avaient eu le point d'appui réclamé par Archimède, les Américains auraient construit un levier capable de soulever le monde et de redresser son axe. Mais le point d'appui, voilà ce qui manquait à ces téméraires mécaniciens.

Néanmoins, cette idée « éminemment pratique » eut un succès énorme; la discussion fut suspendue pendant un bon quart d'heure, et longtemps, bien longtemps encore, on parla dans les États-Unis d'Amérique de la proposition formulée si énergiquement par le secrétaire perpétuel du Gun-Club.

XX

ATTAQUE ET RIPOSTE

Cet incident semblait devoir terminer la discussion. C'était le « mot de la fin », et l'on n'eût pas trouvé mieux. Cependant, quand l'agitation se fut calmée, on entendit ces paroles prononcées d'une voix forte et sévère :

« Maintenant que l'orateur a donné une large part à la fantaisie, voudra-t-il bien rentrer dans son sujet, faire moins de théories et discuter la partie pratique de son expédition ? »

Tous les regards se dirigèrent vers le personnage qui parlait ainsi. C'était un homme maigre, sec, d'une figure énergique, avec une barbe taillé à l'américaine qui foisonnait sous son menton. A la faveur des diverses agitations produites dans l'assemblée, il avait peu à peu gagné le premier rang des spectateurs. Là, les bras croisés, l'œil brillant et hardi, il fixait imperturbablement le héros du meeting. Après avoir formulé sa demande, il se tut et ne parut pas s'émouvoir des milliers de regards qui convergeaient vers lui, ni du murmure désapprobateur excité par ses paroles. La réponse se faisant attendre, il posa de nouveau sa question avec le même accent net et précis, puis il ajouta :

« Nous sommes ici pour nous occuper de la Lune et non de la Terre.

— Vous avez raison, monsieur, répondit

Michel Ardan, la discussion s'est égarée.
Revenons à la Lune.

— Monsieur, reprit l'inconnu, vous préten-
dez que notre satellite est habité. Bien. Mais
s'il existe des Sélénites, ces gens-là, à coup
sûr, vivent sans respirer, car — je vous en préviens dans votre intérêt — il n'y a pas la
moindre molécule d'air à la surface de la
Lune. »

A cette affirmation, Ardan redressa sa fauve
crinière ; il comprit que la lutte allait s'engager avec cet homme sur le vif de la question. Il
le regarda fixement à son tour, et dit :

« Ah ! il n'a pas d'air dans la Lune ! Et qui
prétend cela, s'il vous plaît ?

— Les savants.

— Vraiment ?

— Vraiment.

— Monsieur, reprit Michel, toute plaisanterie à part, j'ai une profonde estime pour les
savants qui savent, mais un profond dédain
pour les savants qui ne savent pas.

— Vous en connaissez qui appartiennent à
cette dernière catégorie ?

— Particulièrement. En France, il y en a un
qui soutient que « mathématiquement »
l'oiseau ne peut pas voler, et un autre dont les
théories démontrent que le poisson n'est pas
fait pour vivre dans l'eau.

— Il ne s'agit pas de ceux-là, monsieur, et je
pourrais citer à l'appui de ma proposition des
noms que vous ne récuseriez pas.

— Alors, monsieur, vous embarrasseriez
fort un pauvre ignorant qui, d'ailleurs, ne
demande pas mieux que de s'instruire !

— Pourquoi donc abordez-vous les questions scientifiques si vous ne les avez pas étu-
diées ? demanda l'inconnu assez brutalement.

— Pourquoi ! répondit Ardan. Par la raison
que celui-là est toujours brave qui ne soup-
çonne pas le danger ! Je ne sais rien, c'est vrai,
mais c'est précisément ma faiblesse qui fait
ma force.

— Votre faiblesse va jusqu'à la folie, s'écria
l'inconnu d'un ton de mauvaise humeur.

— Eh ! tant mieux, riposta le Français, si
ma folie me mène jusqu'à la Lune ! »

Barbicane et ses collègues dévoraient des
yeux cet intrus qui venait si hardiment se jeter
au travers de l'entreprise. Aucun ne le
connaissait, et le président, peu rassuré sur
les suites d'une discussion si franchement
posée, regardait son nouvel ami avec une certaine appréhension. L'assemblée était atten-
tive et sérieusement inquiète, car cette lutte
avait pour résultat d'appeler son attention sur
les dangers ou même les véritables impossibi-
lités de l'expédition.

« Monsieur, reprit l'adversaire de Michel
Ardan, les raisons sont nombreuses et indiscutables qui prouvent l'absence de toute
atmosphère autour de la Lune. Je dirai même
a priori que, si cette atmosphère a jamais
existé, elle a dû être soutirée par la Terre.
Mais j'aime mieux vous opposer des faits irrécusables.

— Opposez, monsieur, répondit Michel
Ardan avec une galanterie parfaite, opposez
tant qu'il vous plaira !

— Vous savez, dit l'inconnu, que lorsque des rayons lumineux traversent un milieu tel que l'air, ils sont déviés de la ligne droite, ou, en d'autres termes, qu'ils subissent une réfraction. Eh bien! lorsque des étoiles sont occultées par la Lune, jamais leurs rayons, en rasant les bords du disque, n'ont éprouvé la moindre déviation ni donné le plus léger indice de réfraction. De là cette conséquence évidente que la Lune n'est pas enveloppée d'une atmosphère. »

On regarda le Français, car, l'observation une fois admise, les conséquences en étaient rigoureuses.

« En effet, répondit Michel Ardan, voilà votre meilleur argument, pour ne pas dire le seul, et un savant serait peut-être embarrassé d'y répondre; moi, je vous dirai seulement que cet argument n'a pas une valeur absolue, parce qu'il suppose le diamètre angulaire de la Lune parfaitement déterminé, ce qui n'est pas. Mais passons, et dites-moi, mon cher monsieur, si vous admettez l'existence de volcans à la surface de la Lune.

— Des volcans éteints, oui; enflammés, non.

— Laissez-moi croire pourtant, et sans dépasser les bornes de la logique, que ces volcans ont été en activité pendant une certaine période!

— Cela est certain, mais comme ils pouvaient fournir eux-mêmes l'oxygène nécessaire à la combustion, le fait de leur éruption ne prouve aucunement la présence d'une atmosphère lunaire.

— Passons alors, répondit Michel Ardan, et laissons de côté ce genre d'arguments pour arriver aux observations directes. Mais je vous préviens que je vais mettre des noms en avant.

— Mettez.

— Je mets. En 1715, les astronomes Louville et Halley, observant l'éclipse du 3 mai, remarquèrent certaines fulminations d'une nature bizarre. Ces éclats de lumière, rapides et souvent renouvelés, furent attribués par eux à des orages qui se déchaînaient dans l'atmosphère de la Lune.

— En 1715, répliqua l'inconnu, les astronomes Louville et Halley ont pris pour des phénomènes lunaires des phénomènes purement terrestres, tels que bolides ou autres, qui se produisaient dans notre atmosphère. Voilà ce qu'ont répondu les savants à l'énoncé de ces faits, et ce que je réponds avec eux.

— Passons encore, répondit Ardan, sans être troublé de la riposte. Herschell, en 1787, n'a-t-il pas observé un grand nombre de points lumineux à la surface de la Lune ?

— Sans doute ; mais sans s'expliquer sur l'origine de ces points lumineux, Herschell lui-même n'a pas conclu de leur apparition à la nécessité d'une atmosphère lunaire.

— Bien répondu, dit Michel Ardan en complimentant son adversaire ; je vois que vous êtes très fort en sélénographie.

— Très fort, monsieur, et j'ajouterai que les plus habiles observateurs, ceux qui ont le mieux étudié l'astre des nuits, MM. Beer et

Mœlder, sont d'accord sur le défaut absolu d'air à sa surface. »

Un mouvement se fit dans l'assistance, qui parut s'émouvoir des arguments de ce singulier personnage.

« Passons toujours, répondit Michel Ardan avec le plus grand calme, et arrivons maintenant à un fait important. Un habile astronome français, M. Laussedat, en observant l'éclipse du 18 juillet 1860, constata que les cornes du croissant solaire étaient arrondies et tronquées. Or, ce phénomène n'a pu être produit que par une déviation des rayons du soleil à travers l'atmosphère de la Lune, et il n'a pas d'autre explication possible.

— Mais le fait est-il certain ? demanda vivement l'inconnu.

— Absolument certain ! »

Un mouvement inverse ramena l'assemblée vers son héros favori, dont l'adversaire resta silencieux. Ardan reprit la parole, et sans tirer vanité de son dernier avantage, il dit simplement : « Vous voyez donc bien, mon cher monsieur, qu'il ne faut pas se prononcer d'une façon absolue contre l'existence d'une atmosphère à la surface de la Lune ; cette atmosphère est probablement peu dense, assez subtile, mais aujourd'hui la science admet généralement qu'elle existe.

— Pas sur les montagnes, ne vous en déplaise, riposta l'inconnu, qui n'en voulait pas démordre.

— Non, mais au fond des vallées, et ne dépassant pas en hauteur quelques centaines de pieds.

— En tout cas, vous feriez bien de prendre vos précautions, car cet air sera terriblement raréfié.

— Oh! mon brave monsieur, il y en aura toujours assez pour un homme seul; d'ailleurs, une fois rendu là-haut, je tâcherai de l'économiser de mon mieux et de ne respirer que dans les grandes occasions! »

Un formidable éclat de rire vint tonner aux oreilles du mystérieux interlocuteur, qui promena ses regards sur l'assemblée, en la bravant avec fierté.

« Donc, reprit Michel Ardan d'un air dégagé, puisque nous sommes d'accord sur la présence d'une certaine atmosphère, nous voilà forcés d'admettre la présence d'une certaine quantité d'eau. C'est une conséquence dont je me réjouis fort pour mon compte. D'ailleurs, mon aimable contradicteur, permettez-moi de vous soumettre encore une observation. Nous ne connaissons qu'un côté du disque de la Lune, et s'il y a peu d'air sur la face qui nous regarde, il est possible qu'il y en ait beaucoup sur la face opposée.

— Et pour quelle raison?

— Parce que la Lune, sous l'action de l'attraction terrestre, a pris la forme d'un œuf que nous apercevons par le petit bout. De là cette conséquence due aux calculs de Hansen, que son centre de gravité est situé dans l'autre hémisphère. De là cette conclusion que toutes les masses d'air et d'eau ont dû être entraînées sur l'autre face de notre satellite aux premiers jours de sa création.

— Pures fantaisies! s'écria l'inconnu.

— Non! pures théories, qui sont appuyées sur les lois de la mécanique, et il me paraît difficile de les réfuter. J'en appelle donc à cette assemblée, et je mets aux voix la question de savoir si la vie, telle qu'elle existe sur la Terre, est possible à la surface de la Lune? »

Trois cent mille auditeurs à la fois applaudirent à la proposition. L'adversaire de Michel Ardan voulait encore parler, mais il ne pouvait plus se faire entendre. Les cris, les menaces fondaient sur lui comme la grêle.

« Assez! assez! disaient les uns.

— Chassez cet intrus! répétaient les autres.

— A la porte! à la porte! » s'écriait la foule irritée.

Mais lui, ferme, cramponné à l'estrade, ne bougeait pas et laissait passer l'orage, qui eût pris des proportions formidables, si Michel Ardan ne l'eût apaisé d'un geste. Il était trop chevaleresque pour abandonner son contradicteur dans une semblable extrémité.

« Vous désirez ajouter quelques mots? lui demanda-t-il du ton le plus gracieux.

— Oui! cent, mille, répondit l'inconnu avec emportement. Ou plutôt, non, un seul! Pour persévérer dans votre entreprise, il faut que vous soyez...

— Imprudent! Comment pouvez-vous me traiter ainsi, moi qui ai demandé un boulet cylindro-conique à mon ami Barbicane, afin de ne pas tourner en route à la façon des écureuils?

— Mais, malheureux, l'épouvantable contre-coup vous mettra en pièces au départ !

— Mon cher contradicteur, vous venez de poser le doigt sur la véritable et la seule difficulté ; cependant, j'ai trop bonne opinion du génie industriel des Américains pour croire qu'ils ne parviendront pas à la résoudre !

— Mais la chaleur développée par la vitesse du projectile en traversant les couches d'air ?

— Oh ! ses parois sont épaisses, et j'aurai si rapidement franchi l'atmosphère !

— Mais des vivres ? de l'eau ?

— J'ai calculé que je pouvais en emporter pour un an, et ma traversée durera quatre jours !

— Mais de l'air pour respirer en route ?

— J'en ferai par des procédés chimiques.

— Mais votre chute sur la Lune, si vous y arrivez jamais ?

— Elle sera six fois moins rapide qu'une chute sur la Terre, puisque la pesanteur est six fois moindre à la surface de la Lune.

— Mais elle sera encore suffisante pour vous briser comme du verre !

— Et qui m'empêchera de retarder ma chute au moyen de fusées convenablement disposées et enflammées en temps utile ?

— Mais enfin, en supposant que toutes les difficultés soient résolues, tous les obstacles aplanis, en réunissant toutes les chances en votre faveur, en admettant que vous arriviez sain et sauf dans la Lune, comment reviendrez-vous ?

— Je ne reviendrai pas ! »

A cette réponse, qui touchait au sublime par sa simplicité, l'assemblée demeura muette. Mais son silence fut plus éloquent que n'eussent été ses cris d'enthousiasme. L'inconnu en profita pour protester une dernière fois.

« Vous vous tuerez infailliblement, s'écriat-il, et votre mort, qui n'aura été que la mort d'un insensé, n'aura pas même servi la science !

— Continuez, mon généreux inconnu, car véritablement vous pronostiquez d'une façon fort agréable.

— Ah ! c'en est trop ! s'écria l'adversaire de Michel Ardan, et je ne sais pas pourquoi je continue une discussion aussi peu sérieuse ! Poursuivez à votre aise cette folle entreprise ! Ce n'est pas à vous qu'il faut s'en prendre !

— Oh ! ne vous gênez pas !

— Non ! c'est un autre qui portera la responsabilité de vos actes !

— Et qui donc, s'il vous plaît ? demanda Michel Ardan d'une voix impérieuse.

— L'ignorant qui a organisé cette tentative aussi impossible que ridicule ! »

L'attaque était directe. Barbicane, depuis l'intervention de l'inconnu, faisait de violents efforts pour se contenir, et « brûler sa fumée » comme certains foyers de chaudières ; mais, en se voyant si outrageusement désigné, il se leva précipitamment et allait marcher à l'adversaire qui le bravait en face, quand il se vit subitement séparé de lui.

L'estrade fut enlevée tout d'un coup par

cent bras vigoureux, et le président du Gun-Club dut partager avec Michel Ardan les honneurs du triomphe. Le pavois était lourd, mais les porteurs se relayaient sans cesse, et chacun se disputait, luttait, combattait pour prêter à cette manifestation l'appui de ses épaules.

Cependant l'inconnu n'avait point profité du tumulte pour quitter la place. L'aurait-il pu, d'ailleurs, au milieu de cette foule compacte ? Non, sans doute. En tout cas, il se tenait au premier rang, les bras croisés, et dévorait des yeux le président Barbicane.

Celui-ci ne le perdait pas de vue, et les regards de ces deux hommes demeuraient engagés comme deux épées frémissantes.

Les cris de l'immense foule se maintinrent à leur maximum d'intensité pendant cette marche triomphale. Michel Ardan se laissait faire avec un plaisir évident. Sa face rayonnait. Quelquefois l'estrade semblait prise de tangage et de roulis comme un navire battu des flots. Mais les deux héros du meeting avaient le pied marin ; ils ne bronchaient pas, et leur vaisseau arriva sans avaries au port de Tampa-Town. Michel Ardan parvint heureusement à se dérober aux dernières étreintes de ses vigoureux admirateurs ; il s'enfuit à l'hôtel Franklin, gagna prestement sa chambre et se glissa rapidement dans son lit, tandis qu'une armée de cent mille hommes veillait sous ses fenêtres.

Pendant ce temps, une scène courte, grave, décisive, avait lieu entre le personnage mystérieux et le président du Gun-Club.

Barbicane, libre enfin, était allé droit à son adversaire.

« Venez ! » dit-il d'une voix brève.

Celui-ci le suivit sur le quai, et bientôt tous les deux se trouvèrent seuls à l'entrée d'un wharf ouvert sur le Jone's-Fall.

Là, ces ennemis, encore inconnus l'un à l'autre, se regardèrent.

« Qui êtes-vous ? demanda Barbicane.

— Le capitaine Nicholl.

— Je m'en doutais. Jusqu'ici le hasard ne vous avait jamais jeté sur mon chemin...

— Je suis venu m'y mettre !

— Vous m'avez insulté !

— Publiquement.

— Et vous me rendrez raison de cette insulte.

— A l'instant.

— Non. Je désire que tout se passe secrètement entre nous. Il y a un bois situé à trois milles de Tampa, le bois de Skersnaw. Vous le connaissez ?

— Je le connais.

— Vous plaira-t-il d'y entrer demain matin à cinq heures par un côté ?...

— Oui, si à la même heure vous entrez par l'autre côté.

— Et vous n'oublierez pas votre rifle ? dit Barbicane.

— Pas plus que vous n'oublierez le vôtre », répondit Nicholl.

Sur ces paroles froidement prononcées, le président du Gun-Club et le capitaine se séparèrent. Barbicane revint à sa demeure, mais au lieu de prendre quelques heures de repos, il passa la nuit à chercher les moyens d'éviter le contrecoup du projectile et de résoudre ce difficile problème posé par Michel Ardan dans la discussion du meeting.

XXI

COMMENT UN FRANÇAIS ARRANGE UNE AFFAIRE

Pendant que les conventions de ce duel étaient discutées entre le président et le capitaine, duel terrible et sauvage, dans lequel chaque adversaire devient chasseur d'homme, Michel Ardan se reposait des fatigues du triomphe. Se reposer n'est évidemment pas une expression juste, car les lits américains peuvent rivaliser pour la dureté avec des tables de marbre ou de granit.

Ardan dormait donc assez mal, se tournant, se retournant entre les serviettes qui lui servaient de draps, et il songeait à installer une couchette plus confortable dans son projectile, quand un bruit violent vint l'arracher à ses rêves. Des coups désordonnés ébranlaient sa porte. Ils semblaient être portés avec un instrument de fer. De formidables éclats de voix se mêlaient à ce tapage un peu trop matinal.

« Ouvre ! criait-on. Mais, au nom du Ciel, ouvre donc ! »

Ardan n'avait aucune raison d'acquiescer à une demande si bruyamment posée. Cependant il se leva et ouvrit sa porte, au moment où elle allait céder aux efforts du visiteur obstiné. Le secrétaire du Gun-Club fit irruption dans la chambre. Une bombe ne serait pas entrée avec moins de cérémonie.

« Hier soir, s'écria J.-T. Maston *ex abrupto*, notre président a été insulté publiquement pendant le meeting ! Il a provoqué son adversaire, qui n'est autre que le capitaine Nicholl ! Ils se battent ce matin au bois de Skersnaw ! J'ai tout appris de la bouche de Barbicane ! S'il est tué, c'est l'anéantissement de nos projets ! Il faut donc empêcher ce duel ! Or, un seul homme au monde peut avoir assez d'empire sur Barbicane pour l'arrêter, et cet homme c'est Michel Ardan ! »

Pendant que J.-T. Maston parlait ainsi, Michel Ardan, renonçant à l'interrompre, s'était précipité dans son vaste pantalon, et, moins de deux minutes après, les deux amis gagnaient à toutes jambes les faubourgs de Tampa-Town.

Ce fut pendant cette course rapide que Maston mit Ardan au courant de la situation. Il lui apprit les véritables causes de l'inimitié de Barbicane et de Nicholl, comment cette inimitié était de vieille date, pourquoi jusque-là, grâce à des amis communs, le président et le capitaine ne s'étaient jamais rencontrés face à face ; il ajouta qu'il s'agissait uniquement d'une rivalité de plaque et de boulet, et qu'enfin la scène du meeting n'avait été qu'une occasion longtemps cherchée par Nicholl de satisfaire de vieilles rancunes.

Rien de plus terrible que ces duels particuliers à l'Amérique, pendant lesquels les deux adversaires se cherchent à travers les taillis, se guettent au coin des halliers et se tirent au milieu des fourrés comme des bêtes fauves. C'est alors que chacun d'eux doit envier ces qualités merveilleuses si naturelles aux Indiens des Prairies, leur intelligence rapide, leur ruse ingénieuse, leur sentiment des traces, leur flair de l'ennemi. Une erreur, une hésitation, un faux pas peuvent amener la mort. Dans ces rencontres, les Yankees se font souvent accompagner de leurs chiens et, à la fois chasseurs et gibier, ils se relancent pendant des heures entières.

« Quels diables de gens vous êtes ! s'écria Michel Ardan, quand son compagnon lui eut dépeint avec beaucoup d'énergie toute cette mise en scène.

— Nous sommes ainsi, répondit modestement J.-T. Maston ; mais hâtons-nous. »

Cependant Michel Ardan et lui eurent beau courir à travers la plaine encore tout humide de rosée, franchir les rizières et les creeks, couper au plus court, ils ne purent atteindre avant cinq heures et demie le bois de Skersnaw. Barbicane devait avoir passé sa lisière depuis une demi-heure.

Là travaillait un vieux bushman occupé à débiter en fagots des arbres abattus sous sa hache. Maston courut à lui en criant :

Avez-vous vu entrer dans le bois un homme

armé d'un rifle, Barbicane, le président... mon meilleur ami?... »

Le digne secrétaire du Gun-Club pensait naïvement que son président devait être connu du monde entier. Mais le bushman n'eut pas l'air de le comprendre.

« Un chasseur, dit alors Ardan.

— Un chasseur? oui, répondit le bushman.

— Il y a longtemps?

— Une heure à peu près.

— Trop tard! s'écria Maston.

— Et avez-vous entendu des coups de fusil? demanda Michel Ardan.

— Non.

— Pas un seul?

— Pas un seul. Ce chasseur-là n'a pas l'air de faire bonne chasse!

— Que faire? dit Maston.

— Entrer dans le bois, au risque d'attraper une balle qui ne nous est pas destinée.

— Ah! s'écria Maston avec un accent auquel on ne pouvait se méprendre, j'aimerais mieux dix balles dans ma tête qu'une seule dans la tête de Barbicane.

— En avant donc! » reprit Ardan en serrant la main de son compagnon.

Quelques secondes plus tard, les deux amis disparaissaient dans le taillis. C'était un fourré fort épais, fait de cyprès géants, de sycomores, de tulipiers, d'oliviers, de tamarins, de chênes vifs et de magnolias. Ces divers arbres enchevêtraient leurs branches dans un inextricable pêle-mêle, sans permettre à la vue de s'étendre au loin. Michel

Ardan et Maston marchaient l'un près de l'autre, passant silencieusement à travers les hautes herbes, se frayant un chemin au milieu des lianes vigoureuses, interrogeant du regard les buissons ou les branches perdues dans la sombre épaisseur du feuillage et attendant à chaque pas la redoutable détonation des rifles. Quant aux traces que Barbicane avait dû laisser de son passage à travers le bois, il leur était impossible de les reconnaître, et ils marchaient en aveugles dans ces sentiers à peine frayés, sur lesquels un Indien eût suivi pas à pas la marche de son adversaire.

Après une heure de vaines recherches, les deux compagnons s'arrêtèrent. Leur inquiétude redoublait.

« Il faut que tout soit fini, dit Maston découragé. Un homme comme Barbicane n'a pas rusé avec son ennemi, ni tendu de piège, ni pratiqué de manœuvre ! Il est trop franc, trop courageux. Il est allé en avant, droit au danger, et sans doute assez loin du bushman pour que le vent ait emporté la détonation d'une arme à feu !

— Mais nous ! nous ! répondit Michel Ardan, depuis notre entrée sous bois, nous aurions entendu !...

— Et si nous sommes arrivés trop tard ! » s'écria Maston avec un accent de désespoir.

Michel Ardan ne trouva pas un mot à répondre ; Maston et lui reprirent leur marche interrompue. De temps en temps ils poussaient de grands cris ; ils appelaient soit Barbicane, soit Nicholl ; mais ni l'un ni l'autre des deux adversaires ne répondait à leur voix. De joyeuses volées d'oiseaux, éveillés au bruit, disparaissaient entre les branches, et quelques daims effarouchés s'enfuyaient précipitamment à travers les taillis.

Pendant une heure encore, la recherche se prolongea. La plus grande partie du bois avait été explorée. Rien ne décelait la présence des combattants. C'était à douter de l'affirmation du bushman, et Ardan allait renoncer à poursuivre plus longtemps une reconnaissance inutile, quand, tout d'un coup, Maston s'arrêta.

« Chut! fit-il. Quelqu'un là-bas !

— Quelqu'un ? répondit Michel Ardan.

— Oui ! un homme ! Il semble immobile. Son rifle n'est plus entre ses mains. Que fait-il donc ?

— Mais le reconnais-tu ? demanda Michel Ardan, que sa vue basse servait fort mal en pareille circonstance.

— Oui ! oui ! Il se retourne, répondit Maston.

— Et c'est ?...

— Le capitaine Nicholl !

— Nicholl ! » s'écria Michel Ardan, qui ressentit un violent serrement de cœur.

Nicholl désarmé ! Il n'avait donc plus rien à craindre de son adversaire ?

« Marchons à lui, dit Michel Ardan, nous saurons à quoi nous en tenir. »

Mais son compagnon et lui n'eurent pas fait cinquante pas, qu'ils s'arrêtèrent pour examiner plus attentivement le capitaine. Ils s'imaginaient trouver un homme altéré de sang et tout entier à sa vengeance! En le voyant, ils demeurèrent stupéfaits.

— Un filet à maille serrée était tendu entre deux tulipiers gigantesques, et, au milieu du réseau, un petit oiseau, les ailes enchevêtrées, se débattait en poussant des cris plaintifs. L'oiseleur qui avait disposé cette toile inextricable n'était pas un être humain, mais bien une venimeuse araignée, particulière au pays, grosse comme un œuf de pigeon, et munie de pattes énormes. Le hideux animal, au moment de se précipiter sur sa proie, avait dû rebrousser chemin et chercher asile sur les hautes branches du tulipier, car un ennemi redoutable venait le menacer à son tour.

En effet, le capitaine Nicholl, son fusil à terre, oubliant les dangers de sa situation, s'occupait à délivrer le plus délicatement possible la victime prise dans les filets de la monstrueuse araignée. Quand il eut fini, il donna la volée au petit oiseau, qui battit joyeusement de l'aile et disparut.

Nicholl, attendri, le regardait fuir à travers les branches, quand il entendit ces paroles prononcées d'une voix émue :

« Vous êtes un brave homme, vous! »

Il se retourna. Michel Ardan était devant lui, répétant sur tous les tons :

« Et un aimable homme! »

— Michel Ardan! s'écria le capitaine. Que venez-vous faire ici, monsieur?

— Vous serrer la main, Nicholl, et vous empêcher de tuer Barbicane ou d'être tué par lui.

— Barbicane! s'écria le capitaine, que je cherche depuis deux heures sans le trouver! Où se cache-t-il?...

— Nicholl, dit Michel Ardan, ceci n'est pas poli! il faut toujours respecter son adversaire; soyez tranquille, si Barbicane est vivant, nous le trouverons, et d'autant plus facilement que, s'il ne s'est pas amusé comme vous à secourir des oiseaux opprimés, il doit vous chercher aussi. Mais quand nous l'aurons trouvé, c'est Michel Ardan qui vous le dit, il ne sera plus question de duel entre vous.

— Entre le président Barbicane et moi, répondit gravement Nicholl, il y a une rivalité telle, que la mort de l'un de nous...

— Allons donc! allons donc! reprit Michel Ardan, de braves gens comme vous, cela a pu se détester, mais cela s'estime. Vous ne vous battrez pas.

— Je me battrai, monsieur!

— Point.

— Capitaine, dit alors J.-T. Maston avec beaucoup de cœur, je suis l'ami du président, son *alter ego*, un autre lui-même; si vous voulez absolument tuer quelqu'un, tirez sur moi, ce sera exactement la même chose.

— Monsieur, dit Nicholl en serrant son rifle d'une main convulsive, ces plaisanteries...

— L'ami Maston ne plaisante pas, répondit Michel Ardan, et je comprends son idée de se faire tuer pour l'homme qu'il aime! Mais ni lui ni Barbicane ne tomberont sous les balles du capitaine Nicholl, car j'ai à faire aux deux rivaux une proposition si séduisante qu'ils s'empresseront de l'accepter.

— Et laquelle ? demanda Nicholl avec une visible incrédulité.

— Patience, répondit Ardan, je ne puis la communiquer qu'en présence de Barbicane.

— Cherchons-le donc », s'écria le capitaine.

Aussitôt ces trois hommes se mirent en chemin ; le capitaine, après avoir désarmé son rifle, le jeta sur son épaule et s'avança d'un pas saccadé, sans mot dire.

Pendant une demi-heure encore, les recherches furent inutiles. Maston se sentait pris d'un sinistre pressentiment. Il observait sévèrement Nicholl, se demandant si, la vengeance du capitaine satisfaite, le malheureux Barbicane, déjà frappé d'une balle, ne gisait pas sans vie au fond de quelque taillis ensanglanté. Michel Ardan semblait avoir la même pensée, et tous deux interrogeaient déjà du regard le capitaine Nicholl, quand Maston s'arrêta soudain.

Le buste immobile d'un homme adossé au pied d'un gigantesque catalpa apparaissait à vingt pas, à moitié perdu dans les herbes.

« C'est lui ! » fit Maston.

Barbicane ne bougeait pas. Ardan plongea ses regards dans les yeux du capitaine, mais celui-ci ne broncha pas. Ardan fit quelques pas en criant :

« Barbicane ! Barbicane ! »

Nulle réponse. Ardan se précipita vers son ami ; mais, au moment où il allait lui saisir le bras, il s'arrêta court en poussant un cri de surprise.

Barbicane, le crayon à la main, traçait des

formules et des figures géométriques sur un carnet, tandis que son fusil désarmé gisait à terre.

Absorbé dans son travail, le savant, oubliant à son tour son duel et sa vengeance, n'avait rien vu, rien entendu.

Mais quand Michel Ardan posa sa main sur la sienne, il se leva et le considéra d'un œil étonné.

« Ah ! s'écria-t-il enfin, toi ! ici ! J'ai trouvé, mon ami ! J'ai trouvé !

— Quoi ?

— Mon moyen !

— Quel moyen ?

— Le moyen d'annuler l'effet du contre-coup au départ du projectile !

— Vraiment ? dit Michel en regardant le capitaine du coin de l'œil.

— Oui ! de l'eau ! de l'eau simple qui fera ressort... Ah ! Maston ! s'écria Barbicane, vous aussi !

— Lui-même, répondit Michel Ardan, et permets que je te présente en même temps le digne capitaine Nicholl !

— Nicholl ! s'écria Barbicane, qui fut debout en un instant. Pardon, capitaine, dit-il, j'avais oublié... je suis prêt... »

Michel Ardan intervint sans laisser aux deux ennemis le temps de s'interpeller.

« Parbleu ! dit-il, il est heureux que de braves gens comme vous ne se soient pas rencontrés plus tôt ! Nous aurions maintenant à pleurer l'un ou l'autre. Mais, grâce à Dieu qui s'en est mêlé, il n'y a plus rien à craindre.

Quand on oublie sa haine pour se plonger dans des problèmes de mécanique ou jouer des tours aux araignées, c'est que cette haine n'est dangereuse pour personne. »

Et Michel Ardan raconta au président l'histoire du capitaine.

« Je vous demande un peu, dit-il en terminant, si deux bons êtres comme vous sont faits pour se casser réciproquement la tête à coups de carabine ? »

Il y avait dans cette situation, un peu ridicule, quelque chose de si inattendu, que Barbicane et Nicholl ne savaient trop quelle contenance garder l'un vis-à-vis de l'autre. Michel Ardan le sentit bien, et il résolut de brusquer la réconciliation.

« Mes braves amis, dit-il en laissant poindre sur ses lèvres son meilleur sourire, il n'y a jamais eu entre vous qu'un malentendu. Pas autre chose. Eh bien ! pour prouver que tout est fini entre vous, et puisque vous êtes gens à risquer votre peau, acceptez franchement la proposition que je vais vous faire.

— Parlez, dit Nicholl.

— L'ami Barbicane croit que son projectile ira tout droit à la Lune.

— Oui, certes, répliqua le président.

— Et l'ami Nicholl est persuadé qu'il retombera sur la terre.

— J'en suis certain, s'écria le capitaine.

— Bon ! reprit Michel Ardan. Je n'ai pas la prétention de vous mettre d'accord; mais je vous dis tout bonnement : Partez avec moi, et venez voir si nous resterons en route.

— Hein ! » fit J.-T. Maston stupéfait.

Les deux rivaux, à cette proposition subite, avaient levé les yeux l'un sur l'autre. Ils s'observaient avec attention. Barbicane attendait la réponse du capitaine. Nicholl guettait les paroles du président.

« Eh bien ? fit Michel de son ton le plus engageant. Puisqu'il n'y a plus de contrecoup à craindre !

— Accepté ! » s'écria Barbicane.

Mais, si vite qu'il eût prononcé ce mot, Nicholl l'avait achevé en même temps que lui.

« Hurrah ! bravo ! vivat ! hip ! hip ! hip ! s'écria Michel Ardan en tendant la main aux deux adversaires. Et maintenant que l'affaire est arrangée, mes amis, permettez-moi de vous traiter à la française. Allons déjeuner. »

XXII

LE NOUVEAU CITOYEN DES ÉTATS-UNIS

Ce jour-là toute l'Amérique apprit en même temps l'affaire du capitaine Nicholl et du président Barbicane, ainsi que son singulier dénouement. Le rôle joué dans cette rencontre par le chevaleresque Européen, sa proposition inattendue qui tranchait la difficulté, l'acceptation simultanée des deux rivaux, cette conquête du continent lunaire à laquelle la France et les États-Unis allaient marcher d'accord, tout se réunit pour accroître encore la popularité de Michel Ardan.

On sait avec quelle frénésie les Yankees se passionnent pour un individu. Dans un pays où de graves magistrats s'attellent à la voiture d'une danseuse et la traînent triomphalement, que l'on juge de la passion déchaînée par l'audacieux Français ! Si l'on ne détela pas ses chevaux, c'est probablement parce qu'il n'en avait pas, mais toutes les autres marques d'enthousiasme lui furent prodiguées. Pas un citoyen qui ne s'unît à lui d'esprit et de cœur ! *Ex pluribus unum*, suivant la devise des États-Unis.

A dater de ce jour, Michel Ardan n'eut plus un moment de repos. Des députations venues de tous les coins de l'Union le harcelèrent sans fin ni trêve. Il dut les recevoir bon gré mal gré. Ce qu'il serra de mains, ce qu'il tutoya de gens ne peut se compter ; il fut bientôt sur les dents ; sa voix, enrouée dans des speechs innombrables, ne s'échappait plus de ses lèvres qu'en sons inintelligibles, et il faillit gagner une gastro-entérite à la suite des toasts qu'il dut porter à tous les comtés de l'Union. Ce succès eût grisé un autre dès le premier jour, mais lui sut se contenir dans une demi-ébriété spirituelle et charmante.

Parmi les députations de toute espèce qui l'assaillirent, celle des « lunatiques » n'eut garde d'oublier ce qu'elle devait au futur conquérant de la Lune. Un jour, quelques-uns de ces pauvres gens, assez nombreux en Amérique, vinrent le trouver et demandèrent à retourner avec lui dans leur pays natal. Certains d'entre eux prétendaient parler « le sélénite » et voulurent l'apprendre à Michel Ardan. Celui-ci se prêta de bon cœur à leur innocente manie et se chargea de commissions pour leurs amis de la Lune.

« Singulière folie ! dit-il à Barbicane après les avoir congédiés, et folie qui frappe souvent les vives intelligences. Un de nos plus illustres savants, Arago, me disait que beaucoup de gens très sages et très réservés dans leurs conceptions se laissaient aller à une grande exaltation, à d'incroyables singularités, toutes les fois que la Lune les occupait. Tu ne crois pas à l'influence de la Lune sur les maladies ?

— Peu, répondit le président du Gun-Club.

— Je n'y crois pas non plus, et cependant l'histoire a enregistré des faits au moins étonnants. Ainsi, en 1693, pendant une épidémie, les personnes périrent en plus grand nombre le 21 janvier, au moment d'une éclipse. Le célèbre Bacon s'évanouissait pendant les éclipses de la Lune et ne revenait à la vie qu'après l'entière émersion de l'astre. Le roi Charles VI retomba six fois en démence pendant l'année 1399, soit à la nouvelle, soit à la pleine Lune. Des médecins ont classé le mal caduc parmi ceux qui suivent les phases de la Lune. Les maladies nerveuses ont paru subir souvent son influence. Mead parle d'un enfant qui entrait en convulsions quand la Lune entrait en opposition. Gall avait remarqué que l'exaltation des personnes faibles s'accroissait deux fois par mois, aux époques de la nouvelle et de la pleine Lune. Enfin il y a encore mille observations de ce genre sur les vertiges, les fièvres malignes, les somnambulismes, tendant à prouver que l'astre des nuits a une mystérieuse influence sur les maladies terrestres.

— Mais comment ? pourquoi ? demanda Barbicane.

— Pourquoi ? répondit Ardan. Ma foi, je te ferai la même réponse qu'Arago répétait dix-neuf siècles après Plutarque : « C'est peut-être « parce que ça n'est pas vrai ! »

Au milieu de son triomphe, Michel Ardan ne put échapper à aucune des corvées inhérentes à l'état d'homme célèbre. Les entrepreneurs de succès voulurent l'exhiber. Barnum lui offrit un million pour le promener de ville en ville dans tous les États-Unis et le montrer comme un animal curieux. Michel Ardan le traita de cornac et l'envoya promener lui-même.

Cependant, s'il refusa de satisfaire ainsi la curiosité publique, ses portraits, du moins, coururent le monde entier et occupèrent la place d'honneur dans les albums ; on en fit des épreuves de toutes dimensions, depuis la grandeur naturelle jusqu'aux réductions microscopiques des timbres-poste. Chacun pouvait posséder son héros dans toutes les poses imaginables, en tête, en buste, en pied, de face, de profil, de trois quarts, de dos. On en tira plus de quinze cent mille exemplaires, et il avait là une belle occasion de se débiter en reliques, mais il n'en profita pas. Rien qu'à vendre ses cheveux un dollar la pièce, il lui en restait assez pour faire fortune !

Pour tout dire, cette popularité ne lui déplaisait pas. Au contraire. Il se mettait à la disposition du public et correspondait avec l'univers entier. On répétait ses bons mots, on les propageait, surtout ceux qu'il ne faisait pas. On lui en prêtait, suivant l'habitude, car il était riche de ce côté.

Non seulement il eut pour lui les hommes, mais aussi les femmes. Quel nombre infini de « beaux mariages » il aurait faits, pour peu que la fantaisie l'eût pris de « se fixer » ! Les vieilles misses surtout, celles qui depuis quarante ans séchaient sur pied, rêvaient nuit et jour devant ses photographies.

Il est certain qu'il eût trouvé des compagnes par centaines, même s'il leur avait imposé la condition de le suivre dans les airs. Les femmes sont intrépides quand elles n'ont pas peur de tout. Mais son intention n'était pas de faire souche sur le continent lunaire, et d'y transplanter une race croisée de Français et d'Américains. Il refusa donc.

« Aller jouer là-haut, disait-il, le rôle d'Adam avec une fille d'Ève, merci ! Je n'aurais qu'à rencontrer des serpents !... »

Dès qu'il put se soustraire enfin aux joies trop répétées du triomphe, il alla, suivi de ses amis, faire une visite à la Columbiad. Il lui devait bien cela. Du reste, il était devenu très fort en balistique, depuis qu'il vivait avec Barbicane, J.-T. Maston et *tutti quanti*. Son plus grand plaisir consistait à répéter à ces braves artilleurs qu'ils n'étaient que des meurtriers aimables et savants. Il ne tarissait pas en plaisanteries à cet égard. Le jour où il visita la Columbiad, il l'admira fort et descendit jusqu'au fond de l'âme de ce gigantesque mortier qui devait bientôt le lancer vers l'astre des nuits.

« Au moins, dit-il, ce canon-là ne fera de mal à personne, ce qui est déjà assez étonnant de la part d'un canon. Mais quant à vos engins qui détruisent, qui incendient, qui brisent, qui tuent, ne m'en parlez pas, et surtout ne venez jamais me dire qu'ils ont "une âme", je ne vous croirais pas ! »

Il faut rapporter ici une proposition relative à J.-T. Maston. Quand le secrétaire du Gun-Club entendit Barbicane et Nicholl accepter la proposition de Michel Ardan, il résolut de se joindre à eux et de faire « la partie à quatre ». Un jour il demanda à être du voyage. Barbicane, désolé de refuser, lui fit comprendre que le projectile ne pouvait emporter un aussi grand nombre de passagers. J.-T. Maston, désespéré, alla trouver Michel Ardan, qui l'invita à se résigner et fit valoir des arguments *ad hominem*.

« Vois-tu, mon vieux Maston, lui dit-il, il ne faut pas prendre mes paroles en mauvaise part ; mais vraiment là, entre nous, tu es trop incomplet pour te présenter dans la Lune !

— Incomplet ! s'écria le vaillant invalide.

— Oui ! mon brave ami ! Songe au cas où nous rencontrerions des habitants là-haut.

Voudrais-tu donc leur donner une aussi triste idée de ce qui se passe ici-bas, leur apprendre ce que c'est que la guerre, leur montrer qu'on emploie le meilleur de son temps à se dévorer, à se manger, à se casser bras et jambes, et cela sur un globe qui pourrait nourrir cent milliards d'habitants, et où il y en a douze cents millions à peine ? Allons donc, mon digne ami, tu nous ferais mettre à la porte !

— Mais si vous arrivez en morceaux, répliqua J.-T. Maston, vous serez aussi incomplets que moi !

— Sans doute, répondit Michel Ardan, mais nous n'arriverons pas en morceaux ! »

En effet, une expérience préparatoire, tentée le 18 octobre, avait donné les meilleurs résultats et fait concevoir les plus légitimes espérances. Barbicane, désirant se rendre compte de l'effet de contrecoup au moment du départ d'un projectile, fit venir un mortier de trente-deux pouces (— 0,75 cm) de l'arsenal de Pensacola. On l'installa sur le rivage de la rade d'Hillisboro, afin que la bombe retombât dans la mer et que sa chute fût amortie. Il ne s'agissait que d'expérimenter la secousse au départ et non le choc à l'arrivée. Un projectile creux fut préparé avec le plus grand soin pour cette curieuse expérience. Un épais capitonnage, appliqué sur un réseau de ressorts faits du meilleur acier, doublait ses parois intérieures. C'était un véritable nid soigneusement ouaté.

« Quel dommage de ne pouvoir y prendre place ! » disait J.-T. Maston en regrettant que sa taille ne lui permît pas de tenter l'aventure.

Dans cette charmante bombe, qui se fermait au moyen d'un couvercle à vis, on introduisit d'abord un gros chat, puis un écureuil appartenant au secrétaire perpétuel du Gun-Club, et auquel J.-T. Maston tenait particulièrement. Mais on voulait savoir comment ce petit animal, peu sujet au vertige, supporterait ce voyage expérimental.

Le mortier fut chargé avec cent soixante livres de poudre et la bombe placée dans la pièce. On fit feu.

Aussitôt le projectile s'enleva avec rapidité, décrivit majestueusement sa parabole, atteignit une hauteur de mille pieds environ, et par une courbe gracieuse alla s'abîmer au milieu des flots.

Sans perdre un instant, une embarcation se dirigea vers le lieu de sa chute; des plongeurs habiles se précipitèrent sous les eaux, et attachèrent des câbles aux oreillettes de la bombe, qui fut rapidement hissée à bord. Cinq minutes ne s'étaient pas écoulées entre le moment où les animaux furent enfermés et le moment où l'on dévissa le couvercle de leur prison.

Ardan, Barbicane, Maston, Nicholl se trouvaient sur l'embarcation, et ils assistèrent à l'opération avec un sentiment d'intérêt facile à comprendre. A peine la bombe fut-elle ouverte, que le chat s'élança au-dehors, un peu froissé, mais plein de vie, et sans avoir l'air de revenir d'une expédition aérienne. Mais d'écureuil point. On chercha. Nulle trace. Il fallut bien alors reconnaître la vérité.

Le chat avait mangé son compagnon de voyage.

J.-T. Maston fut très attristé de la perte de son pauvre écureuil, et se proposa de l'inscrire au martyrologe de la science.

Quoi qu'il en soit, après cette expérience, toute hésitation, toute crainte disparurent ; d'ailleurs les plans de Barbicane devaient encore perfectionner le projectile et anéantir presque entièrement les effets de contrecoup. Il n'y avait donc plus qu'à partir.

Deux jours plus tard, Michel Ardan reçut un message du président de l'Union, honneur auquel il se montra particulièrement sensible.

A l'exemple de son chevaleresque compatriote le marquis de La Fayette, le gouvernement lui décernait le titre de citoyen des États-Unis d'Amérique.

XXIII

LE WAGON-PROJECTILE

Après l'achèvement de la célèbre Columbiad, l'intérêt public se rejeta immédiatement sur le projectile, ce nouveau véhicule destiné à transporter à travers l'espace les trois hardis aventuriers. Personne n'avait oublié que, par sa dépêche du 30 septembre, Michel Ardan demandait une modification aux plans arrêtés par les membres du Comité.

Le président Barbicane pensait alors avec
raison que la forme du projectile importait
peu, car, après avoir traversé l'atmosphère en
quelques secondes, son parcours devait
s'effectuer dans le vide absolu. Le Comité
avait donc adopté la forme ronde, afin que le
boulet pût tourner sur lui-même et se
comporter à sa fantaisie. Mais, dès l'instant
qu'on le transformait en véhicule, c'était une
autre affaire. Michel Ardan ne se souciait pas
de voyager à la façon des écureuils ; il voulait
monter la tête en haut, les pieds en bas, ayant
autant de dignité que dans la nacelle d'un ballon, plus vite sans doute, mais sans se livrer à
une succession de cabrioles peu convenables.

De nouveaux plans furent donc envoyés à la
maison Breadwill and C° d'Albany, avec
recommandation de les exécuter sans retard.
Le projectile, ainsi modifié, fut fondu le
2 novembre et expédié immédiatement à
Stone's-Hill par les railways de l'Est. Le 10, il
arriva sans accident au lieu de sa destination.
Michel Ardan, Barbicane et Nicholl attendaient avec la plus vive impatience ce
« wagon-projectile » dans lequel ils devaient
prendre passage pour voler à la découverte
d'un nouveau monde.

Il faut en convenir, c'était une magnifique
pièce de métal, un produit métallurgique qui
faisait le plus grand honneur au génie industriel des Américains. On venait d'obtenir pour
la première fois l'aluminium en masse aussi
considérable, ce qui pouvait être justement
regardé comme un résultat prodigieux. Ce

précieux projectile étincelait aux rayons du Soleil. A le voir avec ses formes imposantes et coiffé de son chapeau conique, on l'eût pris volontiers pour une de ces épaisses tourelles en façon de poivrières, que les architectes du Moyen Age suspendaient à l'angle des châteaux forts. Il ne lui manquait que des meurtrières et une girouette.

« Je m'attends, s'écriait Michel Ardan, à ce qu'il en sorte un homme d'armes portant la haquebute et le corselet d'acier. Nous serons là-dedans comme des seigneurs féodaux, et, avec un peu d'artillerie, on y tiendrait tête à toutes les armées sélénites, si toutefois il y en a dans la Lune !

— Ainsi le véhicule te plaît ? demanda Barbicane à son ami.

— Oui ! oui ! sans doute, répondit Michel Ardan qui l'examinait en artiste. Je regrette seulement que ses formes ne soient pas plus effilées, son cône plus gracieux ; on aurait dû le terminer par une touffe d'ornements en métal guilloché, avec une chimère, par exemple, une gargouille, une salamandre sortant du feu les ailes déployées et la gueule ouverte...

— A quoi bon ? dit Barbicane, dont l'esprit positif était peu sensible aux beautés de l'art.

— A quoi bon, ami Barbicane ! Hélas ! puisque tu me le demandes, je crains bien que tu ne le comprennes jamais !

— Dis toujours, mon brave compagnon.

— Eh bien ! suivant moi, il faut toujours mettre un peu d'art dans ce que l'on fait, cela vaut mieux. Connais-tu une pièce indienne qu'on appelle *Le Chariot de l'Enfant* ?

— Pas même de nom, répondit Barbicane.

— Cela ne m'étonne pas, reprit Michel Ardan. Apprends donc que, dans cette pièce, il y a un voleur qui, au moment de percer le mur d'une maison, se demande s'il donnera à son trou la forme d'une lyre, d'une fleur, d'un oiseau ou d'une amphore. Eh bien ! dis-moi, ami Barbicane, si à cette époque tu avais été membre du jury, est-ce que tu aurais condamné ce voleur-là ?

— Sans hésiter, répondit le président du Gun-Club, et avec la circonstance aggravante d'effraction.

— Et moi je l'aurais acquitté, ami Barbicane ! Voilà pourquoi tu ne pourras jamais me comprendre !

— Je n'essaierai même pas, mon vaillant artiste.

— Mais au moins, reprit Michel Ardan, puisque l'extérieur de notre wagon-projectile laisse à désirer, on me permettra de le meubler à mon aise, et avec tout le luxe qui convient à des ambassadeurs de la Terre !

— A cet égard, mon brave Michel, répondit Barbicane, tu agiras à ta fantaisie, et nous te laisserons faire à ta guise. »

Mais, avant de passer à l'agréable, le président du Gun-Club avait songé à l'utile, et les moyens inventés par lui pour amoindrir les effets du contrecoup furent appliqués avec une intelligence parfaite.

Barbicane s'était dit, non sans raison, que

nul ressort ne serait assez puissant pour
amortir le choc, et, pendant sa fameuse promenade dans le bois de Skersnaw, il avait fini
par résoudre cette grande difficulté d'une
ingénieuse façon. C'est à l'eau qu'il comptait
demander de lui rendre ce service signalé.
Voici comment.

Le projectile devait être rempli à la hauteur
de trois pieds d'une couche d'eau destinée à
supporter un disque en bois parfaitement
étanche, qui glissait à frottement sur les
parois intérieures du projectile. C'est sur ce
véritable radeau que les voyageurs prenaient
place. Quant à la masse liquide, elle était divi-
sée par des cloisons horizontales que le choc
au départ devait briser successivement. Alors
chaque nappe d'eau, de la plus basse à la plus
haute, s'échappant par des tuyaux de dégagement vers la partie supérieure du projectile,
arrivait ainsi à faire ressort, et le disque, muni
lui-même de tampons extrêmement puissants,
ne pouvait heurter le culot inférieur qu'après
l'écrasement successif des diverses cloisons.
Sans doute les voyageurs éprouveraient
encore un contrecoup violent après le complet
échappement de la masse liquide, mais le premier choc devait être presque entièrement
amorti par ce ressort d'une grande puissance.

Il est vrai que trois pieds d'eau sur une surface de cinquante-quatre pieds carrés
devaient peser près de onze mille cinq cents
livres; mais la détente des gaz accumulés
dans la Columbiad suffirait, suivant Barbicane, à vaincre cet accroissement de poids;

d'ailleurs le choc devait chasser toute cette eau en moins d'une seconde, et le projectile reprendrait promptement sa pesanteur normale.

Voilà ce qu'avait imaginé le président du Gun-Club et de quelle façon il pensait avoir résolu la grave question du contrecoup. Du reste, ce travail, intelligemment compris par les ingénieurs de la maison Breadwill, fut merveilleusement exécuté ; l'effet une fois produit et l'eau chassée au-dehors, les voyageurs pouvaient se débarrasser facilement des cloisons brisées et démonter le disque mobile qui les supportait au moment du départ.

Quant aux parois supérieures du projectile, elles étaient revêtues d'un épais capitonnage de cuir, appliqué sur des spirales du meilleur acier, qui avaient la souplesse des ressorts de montre. Les tuyaux d'échappement dissimulés sous ce capitonnage ne laissaient pas même soupçonner leur existence.

Ainsi donc toutes les précautions imaginables pour amortir le premier choc avaient été prises, et pour se laisser écraser, disait Michel Ardan, il faudrait être « de bien mauvaise composition ».

Le projectile mesurait neuf pieds de large extérieurement sur douze pieds de haut. Afin de ne pas dépasser le poids assigné, on avait un peu diminué l'épaisseur de ses parois et renforcé sa partie inférieure, qui devait supporter toute la violence des gaz développés par la déflagration du pyroxyle. Il en est ainsi, d'ailleurs, dans les bombes et les obus cylindroconiques, dont le culot est toujours plus épais.

On pénétrait dans cette tour de métal par une étroite ouverture ménagée sur les parois du cône, et semblable à ces « trous d'homme » des chaudières à vapeur. Elle se fermait hermétiquement au moyen d'une plaque d'aluminium, retenue à l'intérieur par de puissantes vis de pression. Les voyageurs pourraient donc sortir à volonté de leur prison mobile, dès qu'ils auraient atteint l'astre des nuits.

Mais il ne suffisait pas d'aller, il fallait voir en route. Rien ne fut plus facile. En effet, sous le capitonnage se trouvaient quatre hublots de verre lenticulaire d'une forte épaisseur, deux percés dans la paroi circulaire du projectile ; un troisième à sa partie inférieure et un quatrième dans son chapeau conique. Les voyageurs seraient donc à même d'observer, pendant leur parcours, la Terre qu'ils abandonnaient, la Lune dont ils s'approchaient et les espaces constellés du ciel. Seulement, ces hublots étaient protégés contre les chocs du départ par des plaques solidement encastrées, qu'il était facile de rejeter au-dehors en dévissant des écrous intérieurs. De cette façon, l'air contenu dans le projectile ne pouvait pas s'échapper, et les observations devenaient possibles.

Tous ces mécanismes, admirablement établis, fonctionnaient avec la plus grande facilité, et les ingénieurs ne s'étaient pas montrés moins intelligents dans les aménagements du wagon-projectile.

Des récipients solidement assujettis étaient destinés à contenir l'eau et les vivres nécessaires aux trois voyageurs; ceux-ci pouvaient même se procurer le feu et la lumière au moyen de gaz emmagasiné dans un récipient spécial sous une pression de plusieurs atmosphères. Il suffisait de tourner un robinet, et pendant six jours ce gaz devait éclairer et chauffer ce confortable véhicule. On le voit, rien ne manquait des choses essentielles à la vie et même au bien-être. De plus, grâce aux instincts de Michel Ardan, l'agréable vint se joindre à l'utile sous la forme d'objets d'art; il eût fait de son projectile un véritable atelier d'artiste, si l'espace ne lui eût pas manqué. Du reste, on se tromperait en supposant que trois personnes dussent se trouver à l'étroit dans cette tour de métal. Elle avait une surface de cinquante-quatre pieds carrés à peu près sur dix pieds de hauteur, ce qui permettait à ses hôtes une certaine liberté de mouvement. Ils n'eussent pas été aussi à leur aise dans le plus confortable wagon des États-Unis.

La question des vivres et de l'éclairage étant résolue, restait la question de l'air. Il était évident que l'air enfermé dans le projectile ne suffirait pas pendant quatre jours à la respiration des voyageurs; chaque homme, en effet, consomme dans une heure environ tout l'oxygène contenu dans cent litres d'air. Barbicane, ses deux compagnons, et deux chiens qu'il comptait emmener, devaient consommer, par vingt-quatre heures, deux mille quatre cents litres d'oxygène, ou, en poids, à peu près sept livres. Il fallait donc renouveler l'air du projectile. Comment ? Par un procédé bien simple, celui de MM. Reiset et Regnault, indiqué par Michel Ardan pendant la discussion du meeting.

On sait que l'air se compose principalement de vingt et une parties d'oxygène et de soixante-dix-neuf parties d'azote. Or, que se passe-t-il dans l'acte de la respiration ? Un phénomène fort simple. L'homme absorbe l'oxygène de l'air, éminemment propre à entretenir la vie, et rejette l'azote intact. L'air expiré a perdu près de cinq pour cent de son oxygène et contient alors un volume à peu près égal d'acide carbonique, produit définitif de la combustion des éléments du sang par l'oxygène inspiré. Il arrive donc que dans un milieu clos, et après un certain temps, tout l'oxygène de l'air est remplacé par l'acide carbonique, gaz essentiellement délétère.

La question se réduisait dès lors à ceci : l'azote s'étant conservé intact, 1° refaire l'oxygène absorbé ; 2° détruire l'acide carbonique expiré. Rien de plus facile au moyen du chlorate de potasse et de la potasse caustique.

Le chlorate de potasse est un sel qui se présente sous la forme de paillettes blanches ; lorsqu'on le porte à une température supérieure à quatre cents degrés, il se transforme en chlorure de potassium, et l'oxygène qu'il contient se dégage entièrement. Or, dix-huit livres de chlorate de potasse rendent sept livres d'oxygène, c'est-à-dire la quantité nécessaire aux voyageurs pendant vingt-quatre heures. Voilà pour refaire l'oxygène.

Quant à la potasse caustique, c'est une matière très avide de l'acide carbonique mêlé à l'air, et il suffit de l'agiter pour qu'elle s'en empare et forme du bicarbonate de potasse. Voilà pour absorber l'acide carbonique.

En combinant ces deux moyens, on était certain de rendre à l'air vicié toutes ses qualités vivifiantes. C'est ce que les deux chimistes, MM. Reiset et Regnault, avaient expérimenté avec succès. Mais, il faut le dire, l'expérience avait eu lieu jusqu'alors *in anima vili*. Quelle que fût sa précision scientifique, on ignorait absolument comment des hommes la supporteraient.

Telle fut l'observation faite à la séance où se traita cette grave question. Michel Ardan ne voulait pas mettre en doute la possibilité de vivre au moyen de cet air factice, et il offrit d'en faire l'essai avant le départ. Mais l'honneur de tenter cette épreuve fut réclamé énergiquement par J.-T. Maston.

« Puisque je ne pars pas, dit ce brave artilleur, c'est bien le moins que j'habite le projectile pendant une huitaine de jours. »

Il y aurait eu mauvaise grâce à lui refuser. On se rendit à ses vœux. Une quantité suffisante de chlorate de potasse et de potasse caustique fut mise à sa disposition avec des vivres pour huit jours; puis, ayant serré la main de ses amis, le 12 novembre, à six heures du matin, après avoir expressément recommandé de ne pas ouvrir sa prison avant le 20, à six heures du soir, il se glissa dans le projectile, dont la plaque fut hermétiquement fermée.

Que se passa-t-il pendant cette huitaine ? Impossible de s'en rendre compte. L'épaisseur des parois du projectile empêchait tout bruit intérieur d'arriver au-dehors.

Le 20 novembre, à six heures précises, la plaque fut retirée ; les amis de J.-T. Maston ne laissaient pas d'être un peu inquiets. Mais ils furent promptement rassurés en entendant une voix joyeuse qui poussait un hurrah formidable.

Bientôt le secrétaire du Gun-Club apparut au sommet du cône dans une attitude triomphante. Il avait engraissé !

XXIV

LE TÉLESCOPE DES MONTAGNES ROCHEUSES

Le 20 octobre de l'année précédente, après la souscription close, le président du Gun-Club avait crédité l'Observatoire de Cambridge des sommes nécessaires à la construction d'un vaste instrument d'optique. Cet appareil, lunette ou télescope, devait être assez puissant pour rendre visible à la surface de la Lune un objet ayant au plus neuf pieds de largeur.

Il y a une différence importante entre la lunette et le télescope ; il est bon de la rappeler ici. La lunette se compose d'un tube qui porte à son extrémité supérieure une lentille convexe appelée objectif, et à son extrémité inférieure une seconde lentille nommée oculaire, à laquelle s'applique l'œil de l'observateur. Les rayons émanant de l'objet lumineux traversent la première lentille et vont, par réfraction, former une image renversée à son foyer. Cette image, on l'observe avec l'oculaire, qui la grossit exactement comme ferait une loupe. Le tube de la lunette est donc fermé à chaque extrémité par l'objectif et l'oculaire.

Au contraire, le tube du télescope est ouvert à son extrémité supérieure. Les rayons partis de l'objet observé y pénètrent librement et vont frapper un miroir métallique concave, c'est-à-dire convergent. De là ces rayons réfléchis rencontrent un petit miroir qui les renvoie à l'oculaire, disposé de façon à grossir l'image produite.

Ainsi, dans les lunettes, la réfraction joue le rôle principal, et dans les télescopes, la réflexion. De là le nom de réfracteurs donné aux premières, et celui de réflecteurs attribué aux seconds. Toute la difficulté d'exécution de ces appareils d'optique gît dans la confection des objectifs, qu'ils soient faits de lentilles ou de miroirs métalliques.

Cependant, à l'époque où le Gun-Club tenta sa grande expérience, ces instruments étaient singulièrement perfectionnés et donnaient des résultats magnifiques. Le temps était loin où Galilée observa les astres avec sa pauvre lunette qui grossissait sept fois au plus.

Depuis le xvie siècle, les appareils d'optique s'élargirent et s'allongèrent dans des proportions considérables, et ils permirent de jauger les espaces stellaires à une profondeur inconnue jusqu'alors. Parmi les instruments réfracteurs fonctionnant à cette époque, on citait la lunette de l'Observatoire de Poulkowa, en Russie, dont l'objectif mesure quinze pouces (— 38 centimètres de largeur), la lunette de l'opticien français Lerebours, pourvue d'un objectif égal au précédent, et enfin la lunette de l'Observatoire de Cambridge, munie d'un objectif qui a dix-neuf pouces de diamètre (48 cm).

Parmi les télescopes, on en connaissait deux d'une puissance remarquable et de dimension gigantesque. Le premier, construit par Herschell, était long de trente-six pieds et possédait un miroir large de quatre pieds et demi ; il permettait d'obtenir des grossissements de six mille fois. Le second s'élevait en Irlande, à Birrcastle, dans le parc de Parsonstown, et appartenait à Lord Rosse. La longueur de son tube était de quarante-huit pieds, la largeur de son miroir de six pieds (— 1,93 m^2) ; il grossissait six mille quatre cents fois, et il avait fallu bâtir une immense construction en maçonnerie pour disposer les appareils nécessaires à la manœuvre de l'instrument, qui pesait vingt-huit mille livres.

Mais, on le voit, malgré ces dimensions colossales, les grossissements obtenus ne dépassaient pas six mille fois en nombres ronds ; or, un grossissement de six mille fois

ne ramène la Lune qu'à trente-neuf milles
(— 16 lieues), et il laisse seulement apercevoir
les objets ayant soixante pieds de diamètre, à
moins que ces objets ne soient très allongés.

Or, dans l'espèce, il s'agissait d'un projectile
large de neuf pieds et long de quinze ; il fallait
donc ramener la Lune à cinq milles
(— 2 lieues) au moins, et, pour cela, produire
des grossissements de quarante-huit mille
fois.

Telle était la question posée à l'Observatoire
de Cambridge. Il ne devait pas être arrêté par
les difficultés financières ; restaient donc les
difficultés matérielles.

Et d'abord il fallut opter entre les télescopes
et les lunettes. Les lunettes présentent des
avantages sur les télescopes. A égalité d'objectifs, elles permettent d'obtenir des grossissements plus considérables, parce que les
rayons lumineux qui traversent les lentilles
perdent moins par l'absorption que par la
réflexion sur le miroir métallique des télescopes. Mais l'épaisseur que l'on peut donner
à une lentille est limitée, car, trop épaisse, elle
ne laisse plus passer les rayons lumineux. En
outre, la construction de ces vastes lentilles
est excessivement difficile et demande un
temps considérable, qui se mesure par
années.

Donc, bien que les images fussent mieux
éclairées dans les lunettes, avantage inappré-
ciable quand il s'agit d'observer la Lune, dont
la lumière est simplement réfléchie, on se
décida à employer le télescope, qui est d'une

exécution plus prompte et permet d'obtenir de plus forts grossissements. Seulement, comme les rayons lumineux perdent une grande partie de leur intensité en traversant l'atmosphère, le Gun-Club résolut d'établir l'instrument sur l'une des plus hautes montagnes de l'Union, ce qui diminuerait l'épaisseur des couches aériennes.

Dans les télescopes, on l'a vu, l'oculaire, c'est-à-dire la loupe placée à l'œil de l'observateur, produit le grossissement, et l'objectif qui supporte les plus forts grossissements est celui dont le diamètre est le plus considérable et la distance focale plus grande. Pour grossir quarante-huit mille fois, il fallait dépasser singulièrement en grandeur les objectifs d'Herschell et de Lord Rosse. Là était la difficulté, car la fonte de ces miroirs est une opération très délicate.

Heureusement, quelques années auparavant, un savant de l'Institut de France, Léon Foucault, venait d'inventer un procédé qui rendait très facile et très prompt le polissage des objectifs, en remplaçant le miroir métallique par des miroirs argentés. Il suffisait de couler un morceau de verre de la grandeur voulue et de le métalliser ensuite avec un sel d'argent. Ce fut ce procédé, dont les résultats sont excellents, qui fut suivi pour la fabrication de l'objectif.

De plus, on le disposa suivant la méthode imaginée par Herschell pour ses télescopes. Dans le grand appareil de l'astronome de Slough, l'image des objets, réfléchie par le miroir incliné au fond du tube, venait se former à son autre extrémité où se trouvait situé l'oculaire. Ainsi l'observateur, au lieu d'être placé à la partie inférieure du tube, se hissait à sa partie supérieure, et là, muni de sa loupe, il plongeait dans l'énorme cylindre. Cette combinaison avait l'avantage de supprimer le petit miroir destiné à renvoyer l'image à l'oculaire. Celle-ci ne subissait plus qu'une réflexion au lieu de deux. Donc il y avait un moins grand nombre de rayons lumineux éteints. Donc l'image était moins affaiblie. Donc, enfin, on obtenait plus de clarté, avantage précieux dans l'observation qui devait être faite.

Ces résolutions prises, les travaux commencèrent. D'après les calculs du bureau de l'Observatoire de Cambridge, le tube du nouveau réflecteur devait avoir deux cent quatre-vingts pieds de longueur, et son miroir seize pieds de diamètre. Quelque colossal que fût un pareil instrument, il n'était pas comparable à ce télescope long de dix mille pieds (— 3 kilomètres et demi) que l'astronome Hooke proposait de construire il y a quelques années. Néanmoins l'établissement d'un semblable appareil présentait de grandes difficultés.

Quant à la question d'emplacement, elle fut promptement résolue. Il s'agissait de choisir une haute montagne, et les hautes montagnes ne sont pas nombreuses dans les États.

En effet, le système orographique de ce grand pays se réduit à deux chaînes de moyenne hauteur, entre lesquelles coule ce magnifique Mississippi que les Américains appelleraient « le roi des fleuves », s'ils admettaient une royauté quelconque.

A l'est, ce sont les Appalaches, dont le plus haut sommet, dans le New-Hampshire, ne dépasse pas cinq mille six cents pieds, ce qui est fort modeste.

A l'ouest, au contraire, on rencontre les montagnes Rocheuses, immense chaîne qui commence au détroit de Magellan, suit la côte occidentale de l'Amérique du Sud sous le nom d'Andes ou de Cordillères, franchit l'isthme de Panama et court à travers l'Amérique du Nord jusqu'aux rivages de la mer polaire.

Ces montagnes ne sont pas très élevées, et les Alpes ou l'Himalaya les regarderaient avec un suprême dédain du haut de leur grandeur. En effet, leur plus haut sommet n'a que dix mille sept cent un pieds, tandis que le mont Blanc en mesure quatorze mille quatre cent trente-neuf, et le Kintschindjinga vingt-six mille sept cent soixante-seize au-dessus du niveau de la mer.

Mais, puisque le Gun-Club tenait à ce que le télescope, aussi bien que la Columbiad, fût établi dans les États de l'Union, il fallut se contenter des montagnes Rocheuses, et tout le matériel nécessaire fut dirigé sur le sommet de Long's-Peak, dans le territoire du Missouri.

Dire les difficultés de tout genre que les ingénieurs américains eurent à vaincre, les prodiges d'audace et d'habileté qu'ils accomplirent, la plume ou la parole ne le pourrait pas. Ce fut un véritable tour de force. Il fallut monter des pierres énormes, de lourdes pièces forgées, des cornières d'un poids considérable, les vastes morceaux du cylindre, l'objectif pesant lui seul près de trente mille livres, au-dessus de la limite des neiges perpétuelles, à plus de dix mille pieds de hauteur, après avoir franchi des prairies désertes, des forêts impénétrables, des « rapides » effrayants, loin des centres de populations, au milieu de régions sauvages dans lesquelles chaque détail de l'existence devenait un problème presque insoluble. Et néanmoins, ces mille obstacles, le génie des Américains en triompha. Moins d'un an après le commencement des travaux, dans les derniers jours du mois de septembre, le gigantesque réflecteur dressait dans les airs son tube de deux cent quatre-vingts pieds. Il était suspendu à une énorme charpente en fer ; un mécanisme ingénieux permettait de le manœuvrer facilement vers tous les points du ciel et de suivre les astres d'un horizon à l'autre pendant leur marche à travers l'espace.

Il avait coûté plus de quatre cent mille dollars. La première fois qu'il fut braqué sur la Lune, les observateurs éprouvèrent une émotion à la fois curieuse et inquiète. Qu'allaient-ils découvrir dans le champ de ce télescope qui grossissait quarante-huit mille fois les objets observés ? Des populations, des troupeaux d'animaux lunaires, des villes, des lacs, des océans ? Non, rien que la science ne connût déjà, et sur tous les points de son disque la nature volcanique de la Lune put être déterminée avec une précision absolue.

Mais le télescope des montagnes Rocheuses, avant de servir au Gun-Club, rendit d'immenses services à l'astronomie. Grâce à sa puissance de pénétration, les profondeurs du ciel furent sondées jusqu'aux dernières limites, le diamètre apparent d'un grand nombre d'étoiles put être rigoureusement mesuré, et M. Clarke, du bureau de Cambridge, décomposa le *crab nebula* du Taureau, que le réflecteur de Lord Rosse n'avait jamais pu réduire.

XXV

DERNIERS DÉTAILS

On était au 22 novembre. Le départ suprême devait avoir lieu dix jours plus tard. Une seule opération restait encore à mener à bonne fin, opération délicate, périlleuse, exigeant des précautions infinies, et contre le succès de laquelle le capitaine Nicholl avait engagé son troisième pari. Il s'agissait, en effet, de charger la Columbiad et d'y introduire les quatre cent mille livres de fulmicoton. Nicholl avait pensé, non sans raison peut-être, que la manipulation d'une aussi formidable quantité de pyroxyle entraînerait de graves catastrophes, et qu'en tout cas cette masse éminemment explosive s'enflammerait d'elle-même sous la pression du projectile.

Il y avait là de graves dangers encore accrus par l'insouciance et la légèreté des Américains, qui ne se gênaient pas, pendant la guerre fédérale, pour charger leurs bombes le cigare à la bouche. Mais Barbicane avait à cœur de réussir et de ne pas échouer au port ; il choisit donc ses meilleurs ouvriers, il les fit opérer sous ses yeux, il ne les quitta pas un moment du regard, et, à force de prudence et de précautions, il sut mettre de son côté toutes les chances de succès.

Et d'abord il se garda bien d'amener tout son chargement à l'enceinte de Stone's-Hill. Il le fit venir peu à peu dans des caissons parfaitement clos. Les quatre cent mille livres de pyroxyle avaient été divisées en paquets de cinq cents livres, ce qui faisait huit cents grosses gargousses confectionnées avec soin par les plus habiles artificiers de Pensacola. Chaque caisson pouvait en contenir dix et arrivait l'un après l'autre par le rail-road de Tampa-Town ; de cette façon il n'y avait jamais plus de cinq mille livres de pyroxyle à la fois dans l'enceinte. Aussitôt arrivé, chaque caisson était déchargé par des ouvriers marchant pieds nus, et chaque gargousse transportée à l'orifice de la Columbiad, dans laquelle on la descendait au moyen de grues manœuvrées à bras d'hommes. Toute machine à vapeur avait été écartée, et les moindres feux éteints à deux milles à la ronde. C'était déjà trop d'avoir à préserver ces masses de fulmi-coton contre les ardeurs du soleil, même en novembre. Aussi travaillait-on de préférence pendant la nuit, sous l'éclat d'une lumière produite dans le vide et qui, au moyen des appareils de Ruhmkorff, créait un jour artificiel jusqu'au fond de la Columbiad. Là, les gargousses étaient rangées avec une parfaite régularité et reliées entre elles au moyen d'un fil métallique destiné à porter simultanément l'étincelle électrique au centre de chacune d'elles.

En effet, c'est au moyen de la pile que le feu devait être communiqué à cette masse de fulmi-coton. Tous ces fils, entourés d'une matière isolante, venaient se réunir en un seul à une étroite lumière percée à la hauteur où devait être maintenu le projectile, là ils traversaient l'épaisse paroi de fonte et remontaient jusqu'au sol par un des évents du revêtement de pierre conservé dans ce but. Une fois arrivé au sommet de Stone's-Hill, le fil, supporté sur des poteaux pendant une longueur de deux milles, rejoignait une puissante pile de Bunzen en passant par un appareil interrupteur. Il suffisait donc de presser du doigt le bouton de l'appareil pour que le courant fût instantanément rétabli et mît le feu aux quatre cent mille livres de fulmi-coton. Il va sans dire que la pile ne devait entrer en activité qu'au dernier moment.

Le 28 novembre, les huit cents gargousses étaient disposées au fond de la Columbiad. Cette partie de l'opération avait réussi. Mais que de tracas, que d'inquiétudes, de luttes, avait subis le président Barbicane! Vainement il avait défendu l'entrée de Stone's-Hill; chaque jour les curieux escaladaient les palissades, et quelques-uns, poussant l'imprudence jusqu'à la folie, venaient fumer au milieu des balles de fulmi-coton. Barbicane se mettait dans des fureurs quotidiennes. J.-T. Maston le secondait de son mieux, faisant la chasse aux intrus avec une grande vigueur et ramassant les bouts de cigares encore allumés que les Yankees jetaient çà et là. Rude tâche, car plus de trois cent mille personnes se pressaient autour des palissades. Michel Ardan s'était bien offert pour escorter les caissons jusqu'à la bouche de la Columbiad; mais, l'ayant surpris lui-même un énorme cigare à la bouche, tandis qu'il pourchassait les imprudents auxquels il donnait ce funeste exemple, le président du Gun-Club vit bien qu'il ne pouvait pas compter sur cet intrépide fumeur, et il fut réduit à le faire surveiller tout spécialement.

Enfin, comme il y a un Dieu pour les artilleurs, rien ne sauta, et le chargement fut mené à bonne fin. Le troisième pari du capitaine Nicholl était donc fort aventuré. Restait à introduire le projectile dans la Columbiad et à le placer sur l'épaisse couche de fulmi-coton.

Mais, avant de procéder à cette opération, les objets nécessaires au voyage furent disposés avec ordre dans le wagon-projectile. Ils étaient en assez grand nombre, et si l'on avait laissé faire Michel Ardan, ils auraient bientôt occupé toute la place réservée aux voyageurs. On ne se figure pas ce que cet aimable Français voulait emporter dans la Lune. Une véritable pacotille d'inutilités. Mais Barbicane intervint, et l'on dut se réduire au strict nécessaire.

Plusieurs thermomètres, baromètres et lunettes furent disposés dans le coffre aux instruments.

Les voyageurs étaient curieux d'examiner la Lune pendant le trajet, et, pour faciliter la reconnaissance de ce monde nouveau, ils emportaient une excellente carte de Beer et Mœdler, la *Mappa selenographica*, publiée en quatre planches, qui passe à bon droit pour un véritable chef-d'œuvre d'observation et de patience. Elle reproduisait avec une scrupuleuse exactitude les moindres détails de cette portion de l'astre tournée vers la Terre ; montagnes, vallées, cirques, cratères, pitons, rainures s'y voyaient avec leurs dimensions exactes, leur orientation fidèle, leur dénomination, depuis les monts Dœrfel et Leibniz dont le haut sommet se dresse à la partie orientale du disque, jusqu'à la *Mare frigoris*, qui s'étend dans les régions circumpolaires du Nord.

C'était donc un précieux document pour les voyageurs, car ils pouvaient déjà étudier le pays avant d'y mettre le pied.

Ils emportaient aussi trois rifles et trois carabines de chasse à système et à balles explosives ; de plus, de la poudre et du plomb en très grande quantité.

« On ne sait pas à qui on aura affaire, disait Michel Ardan. Hommes ou bêtes peuvent trouver mauvais que nous allions leur rendre visite ! Il faut donc prendre ses précautions. »

Du reste, les instruments de défense personnelle étaient accompagnés de pics, de pioches, de scies à main et autres outils indispensables, sans parler des vêtements convenables à toutes les températures, depuis le froid des régions polaires jusqu'aux chaleurs de la zone torride.

Michel Ardan aurait voulu emmener dans son expédition un certain nombre d'animaux, non pas un couple de toutes les espèces, car il ne voyait pas la nécessité d'acclimater dans la Lune les serpents, les tigres, les alligators et autres bêtes malfaisantes.

« Non, disait-il à Barbicane, mais quelques bêtes de somme, bœuf ou vache, âne ou cheval, feraient bien dans le paysage et nous seraient d'une grande utilité.

— J'en conviens, mon cher Ardan, répondait le président du Gun-Club, mais notre wagon-projectile n'est pas l'arche de Noé. Il n'en a ni la capacité ni la destination. Ainsi restons dans les limites du possible. »

Enfin, après de longues discussions, il fut convenu que les voyageurs se contenteraient d'emmener une excellente chienne de chasse appartenant à Nicholl et un vigoureux terre-neuve d'une force prodigieuse. Plusieurs caisses des graines les plus utiles furent mises au nombre des objets indispensables. Si l'on eût laissé faire Michel Ardan, il aurait emporté aussi quelques sacs de terre pour les y semer. En tout cas, il prit une douzaine d'arbustes qui furent soigneusement enveloppés d'un étui de paille et placés dans un coin du projectile.

Restait alors l'importante question des vivres, car il fallait prévoir le cas où l'on accosterait une portion de la Lune absolument stérile. Barbicane fit si bien qu'il parvint à en prendre pour une année. Mais il faut ajouter, pour n'étonner personne, que ces vivres consistèrent en conserves de viandes et de légumes réduits à leur plus simple volume sous l'action de la presse hydraulique, et qu'ils renfermaient une grande quantité d'éléments nutritifs; ils n'étaient pas très variés, mais il ne fallait pas se montrer difficile dans une pareille expédition. Il y avait aussi une réserve d'eau-de-vie pouvant s'élever à cinquante gallons et de l'eau pour deux mois seulement; en effet, à la suite des dernières observations des astronomes, personne ne mettait en doute la présence d'une certaine quantité d'eau à la surface de la Lune. Quant aux vivres, il eût été insensé de croire que des habitants de la Terre ne trouveraient pas à se nourrir là-haut. Michel Ardan ne conservait aucun doute à cet égard. S'il en avait eu, il ne se serait pas décidé à partir.

« D'ailleurs, dit-il un jour à ses amis, nous ne serons pas complètement abandonnés de nos camarades de la Terre, et ils auront soin de ne pas nous oublier.

— Non, certes, répondit J.-T. Maston.

— Comment l'entendez-vous ? demanda Nicholl.

— Rien de plus simple, répondit Ardan. Est-ce que la Columbiad ne sera pas toujours là ? Eh bien ! toutes les fois que la Lune se présentera dans des conditions favorables de zénith, sinon de périgée, c'est-à-dire une fois par an à peu près, ne pourra-t-on pas nous envoyer des obus chargés de vivres, que nous attendrons à jour fixe ?

— Hurrah ! hurrah ! s'écria J.-T. Maston en homme qui avait son idée ; voilà qui est bien dit ! Certainement, mes braves amis, nous ne vous oublierons pas !

— J'y compte ! Ainsi, vous le voyez, nous aurons régulièrement des nouvelles du globe, et, pour notre compte, nous serons bien maladroits si nous ne trouvons pas moyen de communiquer avec nos bons amis de la Terre ! »

Ces paroles respiraient une telle confiance, que Michel Ardan, avec son air déterminé, son aplomb superbe, eût entraîné tout le Gun-Club à sa suite. Ce qu'il disait paraissait simple, élémentaire, facile, d'un succès assuré, et il aurait fallu véritablement tenir d'une façon mesquine à ce misérable globe terraqué pour ne pas suivre les trois voyageurs dans leur expédition lunaire.

Lorsque les divers objets eurent été disposés dans le projectile, l'eau destinée à faire ressort fut introduite entre ses cloisons, et le gaz d'éclairage refoulé dans son récipient. Quant au chlorate de potasse et à la potasse caustique, Barbicane, craignant des retards imprévus en route, en emporta une quantité suffisante pour renouveler l'oxygène et absorber l'acide carbonique pendant deux mois. Un appareil extrêmement ingénieux et fonctionnant automatiquement se chargeait de rendre à l'air ses qualités vivifiantes et de le purifier d'une façon complète. Le projectile était donc prêt, et il n'y avait plus qu'à le descendre dans la Columbiad. Opération, d'ailleurs, pleine de difficultés et de périls.

L'énorme obus fut amené au sommet de Stone's-Hill. Là, des grues puissantes le saisirent et le tinrent suspendu au-dessus du puits de métal.

Ce fut un moment palpitant. Que les chaînes vinssent à casser sous ce poids énorme, et la chute d'une pareille masse eût certainement déterminé l'inflammation du fulmicoton.

Heureusement il n'en fut rien, et quelques heures après, le wagon-projectile, descendu doucement dans l'âme du canon, reposait sur sa couche de pyroxyle, un véritable édredon fulminant. Sa pression n'eut d'autre effet que de bourrer plus fortement la charge de la Columbiad.

« J'ai perdu », dit le capitaine en remettant au président Barbicane une somme de trois mille dollars.

Barbicane ne voulait pas recevoir cet argent de la part d'un compagnon de voyage ; mais il dut céder devant l'obstination de Nicholl, que tenait à remplir tous ses engagements avant de quitter la Terre.

« Alors, dit Michel Ardan, je n'ai plus qu'une chose à vous souhaiter, mon brave capitaine.

— Laquelle ? demanda Nicholl.

— C'est que vous perdiez vos deux autres paris ! De cette façon, nous serons sûrs de ne pas rester en route. »

XXVI

FEU !

Le premier jour de décembre était arrivé, jour fatal, car si le départ du projectile ne s'effectuait pas le soir même, à dix heures quarante-six minutes et quarante secondes du soir, plus de dix-huit ans s'écouleraient avant que la Lune se représentât dans ces mêmes conditions simultanées de zénith et de péri-gée.

Le temps était magnifique ; malgré les approches de l'hiver, le soleil resplendissait et baignait de sa radieuse effluve cette Terre que trois de ses habitants allaient abandonner pour un nouveau monde.

Que de gens dormirent mal pendant la nuit qui précéda ce jour si impatiemment désiré ! Que de poitrines furent oppressées par le pesant fardeau de l'attente ! Tous les cœurs palpitèrent d'inquiétude, sauf le cœur de Michel Ardan. Cet impassible personnage allait et venait avec son affairement habituel, mais rien ne dénonçait en lui une préoccupation inaccoutumée. Son sommeil avait été paisible, le sommeil de Turenne, avant la bataille, sur l'affût d'un canon.

Depuis le matin une foule innombrable couvrait les prairies qui s'étendent à perte de vue autour de Stone's-Hill. Tous les quarts d'heure, le rail-road de Tampa amenait de nouveaux curieux ; cette immigration prit bientôt des proportions fabuleuses, et, suivant les relevés du *Tampa-Town Observer*, pendant cette mémorable journée, cinq millions de spectateurs foulèrent du pied le sol de la Floride.

Depuis un mois la plus grande partie de cette foule bivouaquait autour de l'enceinte, et jetait les fondements d'une ville qui s'est appelée depuis Ardan's-Town. Des baraquements, des cabanes, des cahutes, des tentes hérissaient la plaine, et ces habitations éphémères abritaient une population assez nombreuse pour faire envie aux plus grandes cités de l'Europe.

Tous les peuples de la terre y avaient des représentants ; tous les dialectes du monde s'y parlaient à la fois. On eût dit la confusion des langues, comme aux temps bibliques de la tour de Babel. Là, les diverses classes de la société américaine se confondaient dans une égalité absolue. Banquiers, cultivateurs, marins, commissionnaires, courtiers, planteurs de coton, négociants, bateliers, magistrats, s'y coudoyaient avec un sans-gêne

primitif. Les créoles de la Louisiane frater-
nisaient avec les fermiers de l'Indiana; les
gentlemen du Kentucky et du Tennessee, les
Virginiens élégants et hautains donnaient la
réplique aux trappeurs à demi sauvages des
Lacs et aux marchands de bœufs de Cincin-
nati. Coiffés du chapeau de castor blanc à
larges bords ou du panama classique, vêtus de
pantalons en cotonnade bleue des fabriques
d'Opelousas, drapés dans leurs blouses élé-
gantes de toile écrue, chaussés de bottines
aux couleurs éclatantes, ils exhibaient d'extra-
vagants jabots de batiste et faisaient étinceler
à leur chemise, à leurs manchettes, à leurs
cravates, à leurs dix doigts, voire même à
leurs oreilles, tout un assortiment de bagues,
d'épingles, de brillants, de chaînes, de
boucles, de breloques, dont le haut prix éga-
lait le mauvais goût. Femmes, enfants, serviteurs, dans des toilettes non moins opulentes,
accompagnaient, suivaient, précédaient,
entouraient ces maris, ces pères, ces maîtres,
qui ressemblaient à des chefs de tribu au
milieu de leurs familles innombrables.

A l'heure des repas, il fallait voir tout ce
monde se précipiter sur les mets particuliers
aux États du Sud et dévorer, avec un appétit
menaçant pour l'approvisionnement de la
Floride, ces aliments qui répugneraient à un
estomac européen, tels que grenouilles fricas-
sées, singes à l'étouffée, « fish-chowder »,
sarigue rôtie, opossum saignant, ou grillades
de racoon.

Mais aussi quelle série variée de liqueurs ou

de boissons venait en aide à cette alimentation indigeste ! Quels cris excitants, quelles vociférations engageantes retentissaient dans les bar-rooms ou les tavernes ornées de verres, de chopes, de flacons, de carafes, de bouteilles aux formes invraisemblables, de mortiers pour piler le sucre et de paquets de paille !

« Voilà le julep à la menthe ! criait l'un de ces débitants d'une voix retentissante.

— Voici le sangaree au vin de Bordeaux ! répliquait un autre d'un ton glapissant.

— Et du gin-sling ! répétait celui-ci.

— Et le cocktail ! le brandy-smash ! criait celui-là.

— Qui veut goûter le véritable mint-julep, à la dernière mode ? » s'écriaient ces adroits marchands en faisant passer rapidement d'un verre à l'autre, comme un escamoteur fait d'une muscade, le sucre, le citron, la menthe verte, la glace pilée, l'eau, le cognac et l'ananas frais qui composent cette boisson rafraîchissante.

Aussi, d'habitude, ces incitations adressées aux gosiers altérés sous l'action brûlante des épices se répétaient, se croisaient dans l'air et produisaient un assourdissant tapage. Mais ce jour-là, ce premier décembre, ces cris étaient rares. Les débitants se fussent vainement enroués à provoquer les chalands. Personne ne songeait ni à manger ni à boire, et, à quatre heures du soir, combien de spectateurs circulaient dans la foule qui n'avaient pas encore pris leur lunch accoutumé ! Symptôme plus significatif encore, la passion violente de l'Américain pour les jeux était vaincue par l'émotion. A voir les quilles du tempins couchées sur le flanc, les dés du creps dormant dans leurs cornets, la roulette immobile, le cribbage abandonné, les cartes du whist, du vingt-et-un, du rouge et noir, du monte et du faro, tranquillement enfermées dans leurs enveloppes intactes, on comprenait que l'événement du jour absorbait tout autre besoin et ne laissait place à aucune distraction.

Jusqu'au soir, une agitation sourde, sans clameur, comme celle qui précède les grandes catastrophes, courut parmi cette foule anxieuse. Un indescriptible malaise régnait dans les esprits, une torpeur pénible, un sentiment indéfinissable qui serrait le cœur. Chacun aurait voulu « que ce fût fini ».

Cependant, vers sept heures, ce lourd silence se dissipa brusquement. La Lune se levait sur l'horizon. Plusieurs millions de hurrahs saluèrent son apparition. Elle était exacte au rendez-vous. Les clameurs montèrent jusqu'au ciel; les applaudissements éclatèrent de toutes parts, tandis que la blonde Phœbé brillait paisiblement dans un ciel admirable et caressait cette foule enivrée de ses rayons les plus affectueux.

En ce moment parurent les trois intrépides voyageurs. A leur aspect les cris redoublèrent d'intensité. Unanimement, instantanément, le chant national des États-Unis s'échappa de toutes les poitrines haletantes, et le *Yankee doodle*, repris en chœur par cinq millions d'exécutants, s'éleva comme une tempête sonore jusqu'aux dernières limites de l'atmosphère.

Puis, après cet irrésistible élan, l'hymne se tut, les dernières harmonies s'éteignirent peu à peu, les bruits se dissipèrent, et une rumeur silencieuse flotta au-dessus de cette foule si profondément impressionnée. Cependant, le Français et les deux Américains avaient franchi l'enceinte réservée autour de laquelle se pressait l'immense foule. Ils étaient accompagnés des membres du Gun-Club et des députations envoyées par les observatoires européens. Barbicane, froid et calme, donnait tranquillement ses derniers ordres. Nicholl, les lèvres serrées, les mains croisées derrière le dos, marchait d'un pas ferme et mesuré. Michel Ardan, toujours dégagé, vêtu en parfait voyageur, les guêtres de cuir aux pieds, la gibecière au côté, flottant dans ses vastes vêtements de velours marron, le cigare à la bouche, distribuait sur son passage de chaleureuses poignées de main avec une prodigalité princière. Il était intarissable de verve, de gaieté, riant, plaisantant, faisant au digne J.-T. Maston des farces de gamin, en un mot « Français », et, qui pis est, « Parisien » jusqu'à la dernière seconde.

Dix heures sonnèrent. Le moment était venu de prendre place dans le projectile; la manœuvre nécessaire pour y descendre, la plaque de fermeture à visser, le dégagement des grues et des échafaudages penchés sur la gueule de la Columbiad exigeaient un certain temps.

Barbicane avait réglé son chronomètre à un dixième de seconde près sur celui de l'ingénieur Murchison, chargé de mettre le feu aux poudres au moyen de l'étincelle électrique ; les voyageurs enfermés dans le projectile pourraient ainsi suivre de l'œil l'impassible aiguille qui marquerait l'instant précis de leur départ.

Le moment des adieux était donc arrivé. La scène fut touchante ; en dépit de sa gaieté fébrile, Michel Ardan se sentit ému. J.-T. Maston avait retrouvé sous ses paupières sèches une vieille larme qu'il réservait sans doute pour cette occasion. Il la versa sur le front de son cher et brave président.

« Si je partais ? dit-il, il est encore temps !

— Impossible, mon vieux Maston », répondit Barbicane.

Quelques instants plus tard, les trois compagnons de route étaient installés dans le projectile, dont ils avaient vissé intérieurement la plaque d'ouverture, et la bouche de la Columbiad, entièrement dégagée, s'ouvrait librement vers le ciel.

Nicholl, Barbicane et Michel Ardan étaient définitivement murés dans leur wagon de métal.

Qui pourrait peindre l'émotion universelle, arrivée alors à son paroxysme ?

La lune s'avançait sur un firmament d'une pureté limpide, éteignant sur son passage les feux scintillants des étoiles ; elle parcourait alors la constellation des Gémeaux et se trouvait presque à mi-chemin de l'horizon et du zénith. Chacun devait donc facilement comprendre que l'on visait en avant du but, comme le chasseur vise en avant du lièvre qu'il veut atteindre.

Un silence effrayant planait sur toute cette scène. Pas un souffle de vent sur la terre! Pas un souffle dans les poitrines! Les cœurs n'osaient plus battre. Tous les regards effarés fixaient la gueule béante de la Columbiad.

Murchison suivait de l'œil l'aiguille de son chronomètre. Il s'en fallait à peine de quarante secondes que l'instant du départ ne sonnât, et chacune d'elles durait un siècle.

A la vingtième, il y eut un frémissement universel, et il vint à la pensée de cette foule que les audacieux voyageurs enfermés dans le projectile comptaient aussi ces terribles secondes! Des cris isolés s'échappèrent:

« Trente-cinq! — trente-six! — trente-sept! — trente-huit! — trente-neuf! — quarante! Feu!!! »

Aussitôt Murchison, pressant du doigt l'interrupteur de l'appareil, rétablit le courant et lança l'étincelle électrique au fond de la Columbiad.

Une détonation épouvantable, inouïe, surhumaine, dont rien ne saurait donner une idée, ni les éclats de la foudre, ni le fracas des éruptions, se produisit instantanément. Une immense gerbe de feu jaillit des entrailles du sol comme d'un cratère. La terre se souleva, et c'est à peine si quelques personnes purent un instant entrevoir le projectile fendant victorieusement l'air au milieu des vapeurs flamboyantes.

XXVII

TEMPS COUVERT

Au moment où la gerbe incandescente s'éleva vers le ciel à une prodigieuse hauteur, cet épanouissement de flammes éclaira la Floride entière, et, pendant un instant incalculable, le jour se substitua à la nuit sur une étendue considérable de pays. Cet immense panache de feu fut aperçu de cent milles en mer du golfe comme de l'Atlantique, et plus d'un capitaine de navire nota sur son livre de bord l'apparition de ce météore gigantesque.

La détonation de la Columbiad fut accompagnée d'un véritable tremblement de terre. La Floride se sentit secouée jusque dans ses entrailles. Les gaz de la poudre, dilatés par la chaleur, repoussèrent avec une incomparable violence les couches atmosphériques, et cet ouragan artificiel, cent fois plus rapide que l'ouragan des tempêtes, passa comme une trombe au milieu des airs.

Pas un spectateur n'était resté debout; hommes, femmes, enfants, tous furent couchés comme des épis sous l'orage; il y eut un tumulte inexprimable, un grand nombre de personnes gravement blessées, et J.-T. Maston, qui, contre toute prudence, se tenait trop en avant, se vit rejeté à vingt toises en arrière et passa comme un boulet au-dessus de la tête de ses concitoyens. Trois cents mille personnes demeurèrent momentanément sourdes et comme frappées de stupeur.

Le courant atmosphérique, après avoir renversé les baraquements, culbuté les cabanes, déraciné les arbres dans un rayon de vingt milles, chassé les trains du railway jusqu'à Tampa, fondit sur cette ville comme une avalanche, et détruisit une centaine de maisons, entre autres l'église Saint-Mary, et le nouvel édifice de la Bourse, qui se lézarda dans toute sa longueur. Quelques-uns des bâtiments du port, choqués les uns contre les autres, coulèrent à pic, et une dizaine de navires, mouillés en rade, vinrent à la côte, après avoir cassé leurs chaînes comme des fils de coton.

Mais le cercle de ces dévastations s'étendit plus loin encore, et au-delà des limites des États-Unis. L'effet du contrecoup, aidé des vents d'ouest, fut ressenti sur l'Atlantique à plus de trois cent milles des rivages américains. Une tempête factice, une tempête inattendue, que n'avait pu prévoir l'amiral Fitz-Roy, se jeta sur les navires avec une violence inouïe; plusieurs bâtiments, saisis dans ces tourbillons épouvantables sans avoir le temps d'amener, sombrèrent sous voiles, entre autres le *Childe-Harold*, de Liverpool, regrettable catastrophe qui devint de la part de l'Angleterre l'objet des plus vives récriminations.

Enfin, et pour tout dire, bien que le fait n'ait d'autre garantie que l'affirmation de quelques indigènes, une demi-heure après le départ du projectile, des habitants de Gorée et de Sierra Leone prétendirent avoir entendu une commotion sourde, dernier déplacement

des ondes sonores, qui, après avoir traversé
l'Atlantique, venait mourir sur la côte afri-
caine.

Mais il faut revenir à la Floride. Le premier
instant du tumulte passé, les blessés, les
sourds, enfin la foule entière se réveilla, et des
cris frénétiques : « Hurrah pour Ardan ! Hurrah pour Barbicane ! Hurrah pour Nicholl ! »
s'élevèrent jusqu'aux cieux. Plusieurs millions
d'hommes, le nez en l'air, armés de télé-
scopes, de lunettes, de lorgnettes, interrogeaient l'espace, oubliant les contusions et les
émotions, pour ne se préoccuper que du projectile. Mais ils le cherchaient en vain. On ne
pouvait plus l'apercevoir, et il fallait se
résoudre à attendre les télégrammes de
Long's-Peak. Le directeur de l'Observatoire de
Cambridge se trouvait à son poste dans les
montagnes Rocheuses, et c'était à lui, astronome habile et persévérant, que les observations avaient été confiées.

Mais un phénomène imprévu, quoique
facile à prévoir, et contre lequel on ne pouvait
rien, vint bientôt mettre l'impatience
publique à une rude épreuve.

Le temps, si beau jusqu'alors, changea subitement ; le ciel assombri se couvrit de nuages.
Pouvait-il en être autrement, après le terrible
déplacement des couches atmosphériques, et
cette dispersion de l'énorme quantité de
vapeurs qui provenaient de la déflagration de
quatre cent mille livres de pyroxyle ? Tout
l'ordre naturel avait été troublé. Cela ne saurait étonner, puisque, dans les combats sur

mer, on a souvent vu l'état atmosphérique brutalement modifié par les décharges de l'artillerie.

Le lendemain, le soleil se leva sur un horizon chargé de nuages épais, lourd et impénétrable rideau jeté entre le ciel et la terre, et qui, malheureusement, s'étendit jusqu'aux régions des montagnes Rocheuses. Ce fut une fatalité. Un concert de réclamations s'éleva de toutes les parties du globe. Mais la nature s'en émut peu, et décidément, puisque les hommes avaient troublé l'atmosphère par leur détonation, ils devaient en subir les conséquences.

Pendant cette première journée, chacun chercha à pénétrer le voile opaque des nuages, mais chacun en fut pour ses peines, et chacun d'ailleurs se trompait en portant ses regards vers le ciel, car, par suite du mouvement diurne du globe, le projectile filait nécessairement alors par la ligne des antipodes.

Quoi qu'il en soit, lorsque la nuit vint envelopper la Terre, nuit impénétrable et profonde, quand la Lune fut remontée sur l'horizon, il fut impossible de l'apercevoir; on eût dit qu'elle se dérobait à dessein aux regards des téméraires qui avaient tiré sur elle. Il n'y eut donc pas d'observation possible, et les dépêches de Long's-Peak confirmèrent ce fâcheux contretemps.

Cependant, si l'expérience avait réussi, les voyageurs, partis le 1er décembre à dix heures quarante-six minutes et quarante secondes du soir, devaient arriver le 4 à minuit. Donc,

jusqu'à cette époque, et comme après tout il
eût été bien difficile d'observer dans ces
conditions un corps aussi petit que l'obus, on
prit patience sans trop crier.

Le 4 décembre, de huit heures du soir à
minuit, il eût été possible de suivre la trace du
projectile, qui aurait apparu comme un point
noir sur le disque éclatant de la Lune. Mais le
temps demeura impitoyablement couvert, ce
qui porta au paroxysme l'exaspération
publique. On en vint à injurier la Lune qui ne
se montrait point. Triste retour des choses
d'ici-bas !

J.-T. Maston, désespéré, partit pour Long's-
Peak. Il voulait observer lui-même. Il ne mettait pas en doute que ses amis ne fussent arrivés au terme de leur voyage. On n'avait pas,
d'ailleurs, entendu dire que le projectile fût
retombé sur un point quelconque des îles et
des continents terrestres, et J.-T. Maston
n'admettait pas un instant une chute possible
dans les océans dont le globe est aux trois
quarts couvert.

Le 5, même temps. Les grands télescopes du
Vieux Monde, ceux d'Herschell, de Rosse, de
Foucault, étaient invariablement braqués sur
l'astre des nuits, car le temps était précisément magnifique en Europe ; mais la faiblesse
relative de ces instruments empêchait toute
observation utile.

Le 6, même temps. L'impatience rongeait
les trois quarts du globe. On en vint à proposer les moyens les plus insensés pour dissiper
les nuages accumulés dans l'air.

Le 7, le ciel sembla se modifier un peu. On espéra, mais l'espoir ne fut pas de longue durée, et le soir, les nuages épaissis défendirent la voûte étoilée contre tous les regards.

Alors cela devint grave. En effet, le 11, à neuf heures onze minutes du matin, la Lune devait entrer dans son dernier quartier. Après ce délai, elle irait en déclinant, et, quand même le ciel serait rasséréné, les chances de l'observation seraient singulièrement amoindries ; en effet, la Lune ne montrerait plus alors qu'une portion toujours décroissante de son disque et finirait par devenir nouvelle, c'est-à-dire qu'elle se coucherait et se lèverait avec le soleil, dont les rayons la rendraient absolument invisible. Il faudrait donc attendre jusqu'au 3 janvier, à midi quarante-quatre minutes, pour la retrouver pleine et commencer les observations.

Les journaux publiaient ces réflexions avec mille commentaires et ne dissimulaient point au public qu'il devait s'armer d'une patience angélique.

Le 8, rien. Le 9, le soleil reparut un instant comme pour narguer les Américains. Il fut couvert de huées, et, blessé sans doute d'un pareil accueil, il se montra fort avare de ses rayons.

Le 10, pas de changement. J.-T. Maston faillit devenir fou, et l'on eut des craintes pour le cerveau de ce digne homme, si bien conservé jusqu'alors sous son crâne de guttapercha.

Mais le 11, une de ces épouvantables tempêtes des régions intertropicales se déchaîna dans l'atmosphère. De grands vents d'est balayèrent les nuages amoncelés depuis si longtemps, et le soir, le disque à demi rongé de l'astre des nuits passa majestueusement au milieu des limpides constellations du ciel.

XXVIII

UN NOUVEL ASTRE

Cette nuit même, la palpitante nouvelle si impatiemment attendue éclata comme un coup de foudre dans les États de l'Union, et, de là, s'élançant à travers l'Océan, elle courut sur tous les fils télégraphiques du globe. Le projectile avait été aperçu, grâce au gigantesque réflecteur de Long's-Peak.

Voici la note rédigée par le directeur de l'Observatoire de Cambridge. Elle renferme la conclusion scientifique de cette grande expérience du Gun-Club.

Long's-Peak, 12 décembre.

À MM. LES MEMBRES DU BUREAU DE L'OBSERVATOIRE DE CAMBRIDGE.

Le projectile lancé par la Columbiad de Stone's-Hill a été aperçu par MM. Belfast et J.-T. Maston, le 12 décembre, à huit heures quarante-sept minutes du soir, la Lune étant entrée dans son dernier quartier.

Ce projectile n'est point arrivé à son but. Il a passé à côté, mais assez près, cependant, pour être retenu par l'attraction lunaire.

Là, son mouvement rectiligne s'est changé en un mouvement circulaire d'une rapidité vertigineuse, et il a été entraîné suivant une orbite elliptique autour de la Lune, dont il est devenu le véritable satellite.

Les éléments de ce nouvel astre n'ont pas encore pu être déterminés. On ne connaît ni sa vitesse de translation, ni sa vitesse de rotation. La distance qui le sépare de la surface de la Lune peut être évaluée à deux mille huit cent trente-trois milles environ (— 4 500 lieues).

Maintenant, deux hypothèses peuvent se produire et amener une modification dans l'état des choses :

Ou l'attraction de la Lune finira par l'emporter, et les voyageurs atteindront le but de leur voyage ;

Ou, maintenu dans un ordre immutable, le projectile gravitera autour du disque lunaire jusqu'à la fin des siècles.

C'est ce que les observations apprendront un jour, mais jusqu'ici la tentative du Gun-Club n'a eu d'autre résultat que de doter d'un nouvel astre notre système solaire.

J.-M. BELFAST.

Que de questions soulevait ce dénouement inattendu ! Quelle situation grosse de mystères l'avenir réservait aux investigations de la science ! Grâce au courage et au dévouement de trois hommes, cette entreprise, assez futile en apparence, d'envoyer un boulet à la Lune, venait d'avoir un résultat immense, et dont les conséquences sont incalculables. Les voyageurs, emprisonnés dans un nouveau satellite, s'ils n'avaient pas atteint leur but, faisaient du moins partie du monde lunaire ; ils gravitaient autour de l'astre des nuits, et, pour la première fois, l'œil pouvait en pénétrer tous les mystères. Les noms de Nicholl, de Barbicane, de Michel Ardan, devront donc être à jamais célèbres dans les fastes astronomiques, car ces hardis explorateurs, avides d'agrandir le cercle des connaissances humaines, se sont audacieusement lancés à travers l'espace, et ont joué leur vie dans la plus étrange tentative des temps modernes.

Quoi qu'il en soit, la note de Long's-Peak une fois connue, il y eut dans l'univers entier un sentiment de surprise et d'effroi. Était-il possible de venir en aide à ces hardis habitants de la Terre ? Non, sans doute, car ils s'étaient mis en dehors de l'humanité en franchissant les limites imposées par Dieu aux créatures terrestres. Ils pouvaient se procurer de l'air pendant deux mois. Ils avaient des vivres pour un an. Mais après ?... Les cœurs les plus insensibles palpitaient à cette terrible question.

Un seul homme ne voulait pas admettre que la situation fût désespérée. Un seul avait confiance, et c'était leur ami dévoué, audacieux et résolu comme eux, le brave J.-T. Maston.

D'ailleurs, il ne les perdait pas des yeux. Son domicile fut désormais le poste de

Long's-Peak; son horizon, le miroir de l'immense réflecteur. Dès que la lune se levait à l'horizon, il l'encadrait dans le champ du télescope, il ne la perdait pas un instant du regard et la suivait assidûment dans sa marche à travers les espaces stellaires; il observait avec une éternelle patience le passage du projectile sur son disque d'argent, et véritablement le digne homme restait en perpétuelle communication avec ses trois amis, qu'il ne désespérait pas de revoir un jour.

« Nous correspondrons avec eux, disait-il à qui voulait l'entendre, dès que les circonstances le permettront. Nous aurons de leurs nouvelles et ils auront des nôtres! D'ailleurs, je les connais, ce sont des hommes ingénieux. A eux trois ils emportent dans l'espace toutes les ressources de l'art, de la science et de l'industrie. Avec cela on fait ce qu'on veut, et vous verrez qu'ils se tireront d'affaire! »

TABLE

DISTRIBUTION

ALLEMAGNE

BUCHVERTRIEB O. LIESENBERG
Grossherzog-Friedrich Strasse 56
D-77694 Kehl/Rhein

ASIE CENTRALE

KAZAKHKITAP
Pr. Gagarina, 83
480009 Almaty
Kazakhstan

BULGARIE et BALKANS

OPEN WORLD
125 Bd Tzaringradsko Chaussée
Bloc 5
1113 Sofia
Bulgarie

CANADA

EDILIVRE INC.
DIFFUSION SOUSSAN
5740 Ferrier
Mont-Royal, QC H4P 1M7

CONGO

PAPYRUS
BP 13593
Brazzaville

ESPAGNE

RIBERA LIBRERIA
PG. Martiartu
48480 Arrigorriaga
Vizcaya

ETATS-UNIS

DISTRIBOOKS Inc.
8220 N. Christiana Ave.
Skokie, Illinois 60076-1195
tel. (847) 676 15 96
fax (847) 676 11 95

GRANDE-BRETAGNE

SANDPIPER BOOKS LTD
22a Langroyd Road
London SW17 7PL

ITALIE

MAGIS BOOKS
Via Raffaello 31/C 6
42100 Reggio Emilia

LIBAN

SORED
Rue Mar Maroun
BP 166210
Beyrouth

MAROC

LIBRAIRIE DES ECOLES
12 av. Hassan II
Casablanca

MALI

LIPAGE
BP 2539
Bamako

POLOGNE

LIVRA
Ul. Podlesna 15
01673 Warszawa

TOP MARK CENTRE
Ul. Urbanistow 1/51
02397 Warszawa

PORTUGAL

CENTRALIVROS
Av. Marechal Gomes
Da Costa, 27-1
1900 Lisboa

RUSSIE

LCM
fax : (095) 251 81 95

PRINTEX
Moscou
tel/fax : (095) 252 02 82

TCHEQUE (REPUBLIQUE)

MEGA BOOKS
Rostovska 4
10100 Prague 10

TUNISIE

LE DISTRIBUTEUR
39, rue Naplouse
1002 Tunis

VIETNAM

Xunhasaba
32 Hai Ba Trung Street
Hanoi SRV

ZAIRE

LIBRAIRIE DES CLASSIQUES
Institut Saint-Kaggwa
Kinshasa/Matonge

FRANCE

Exclusivité réservée
à la chaîne MAXI-LIVRES
Liste des magasins : MINITEL
« 3615 Maxi-Livres »

IMPRIMÉ EN UNION EUROPÉENNE
le 24-01-1997
B/95BK-27 – Dépôt légal, septembre 1995